# 東海道中膝栗毛を旅しよう

田辺聖子

角川文庫
19775

# 目次

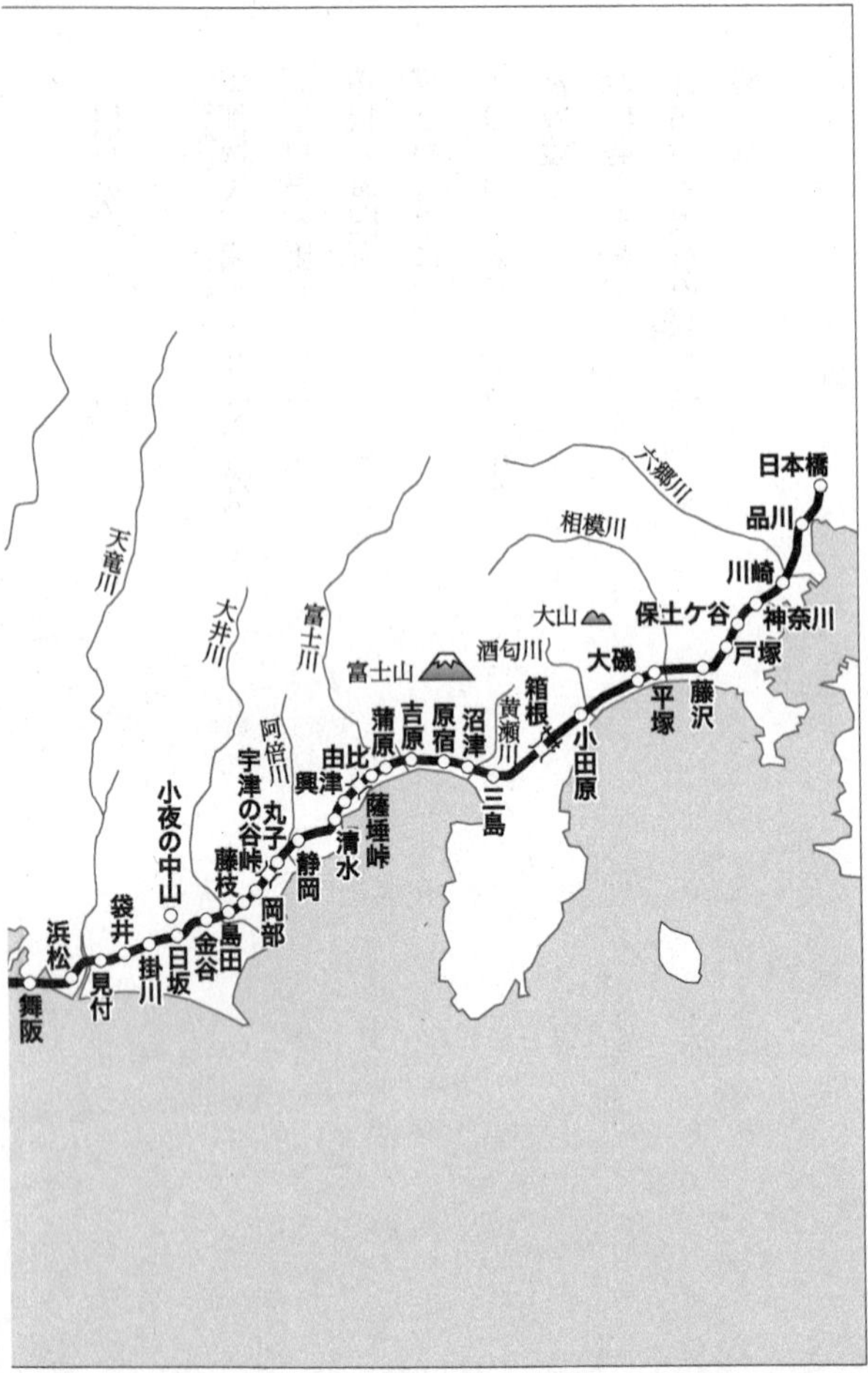
日本橋
品川
六郷川
川崎
神奈川
保土ケ谷
相模川
大山
戸塚
藤沢
大磯
平塚
酒匂川
小田原
箱根
黄瀬川
三島
沼津
原宿
吉原
蒲原
富士山
富士川
由比
興津
薩埵峠
清水
阿倍川
静岡
丸子
宇津の谷峠
岡部
大井川
藤枝
島田
金谷
小夜の中山
日坂
掛川
天竜川
袋井
見付
浜松
舞阪

# 田辺聖子
# 東海道中膝栗毛の旅

※ゴシック体は著者が歩いた地名

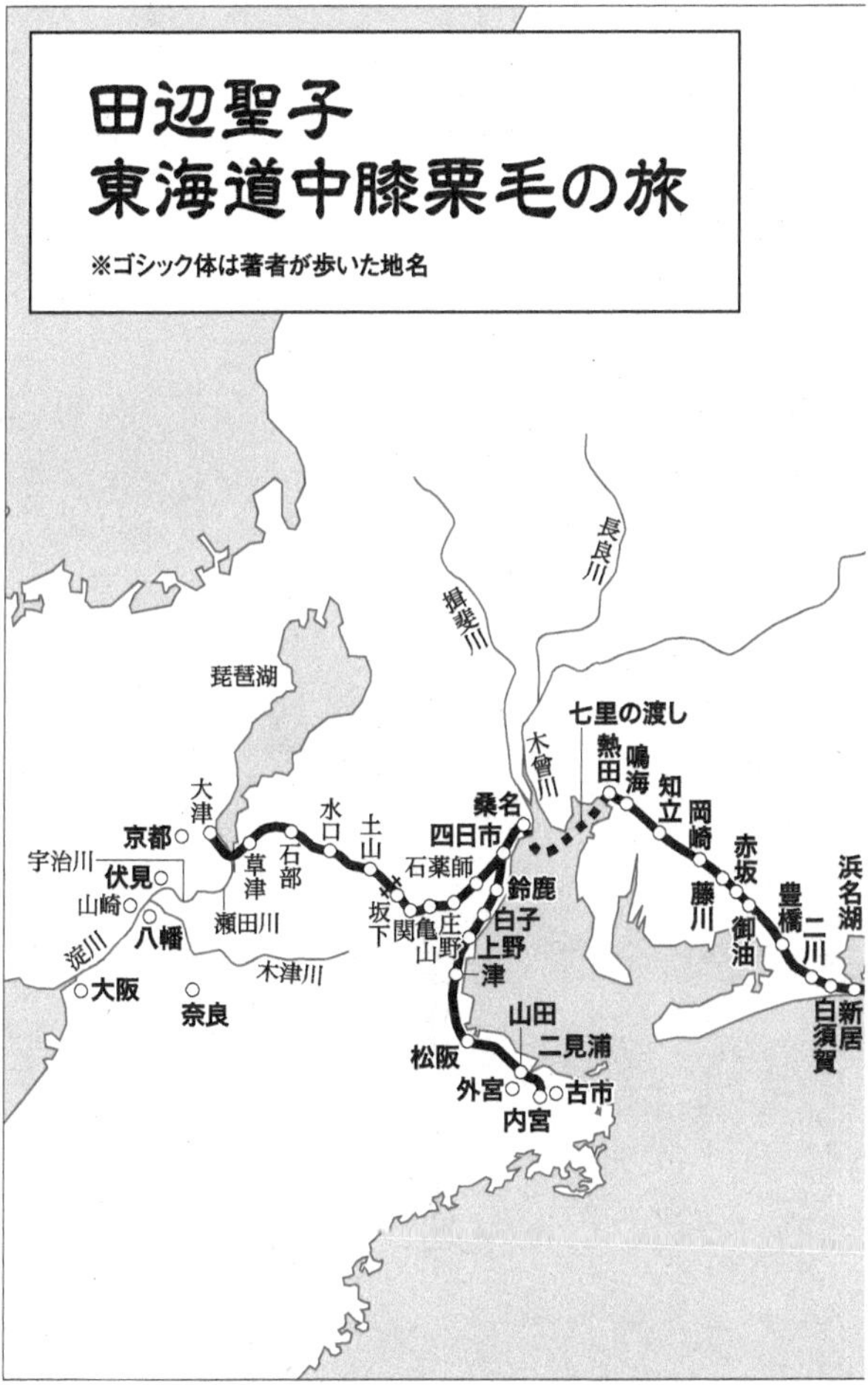

地図作成　小林美和子

# 東都逸民《なまけもの》、熊手《よくばり》一九の心意気

## 1

〈ふーん。『浮世道中《うきよどうちゅう》　膝栗毛《ひざくりげ》』ねえ……。これはこの間の『南総記行《なんそうきこう》　旅眼石《たびすずり》』のような狂歌入り旅行記ですかねえ。お前さんの前だが『旅眼石』は売れなくて大弱りさ〉

といったのは、日本橋《にほんばし》　通油《とおりあぶら》　町《ちょう》のご存知、草双紙《くさぞうし》や錦絵《にしきえ》の版元として名高い栄邑堂《えいゆうどう》、村《むら》田屋《たや》治郎兵衛《じろべえ》。さまざまの趣向を凝らした草双紙を出版して、往年の耕書堂《こうしょどう》（蔦屋重三郎《つたやじゅうざぶろう》）の活躍ぶりには及ばないが、当代では有数の出版社といえよう。やり手らしくきびきびして働きざかりの中年、その村田屋がからかいを含んだ愚痴をいうのは、相手に親しみを持っていればこそ。

向い合うのは十返舎一九《じっぺんしゃいっく》。これは当年、享和《きょうわ》元年（一八〇一）に、とって三十七歳という、これも男盛り。結城紬《ゆうきつむぎ》の棒縞《ぼうじま》の着物に八丈八端《はったん》の鳶色《とびいろ》無地の羽織という、見苦しからぬ身装《みな》りもなかなかの洒落者《しゃれもの》とみえ、かなりの男前。

細おもてで、眉《まゆ》も目尻《めじり》もやや下り気味なところがやさしくて愛嬌《あいきょう》あり、髯《ひげ》の剃《そ》りあと青々とさわやかである。とにかく、見よい風貌《ふうぼう》、姿容のうえに、何ともいえず人あたりのよさがあって、一九が誰にも好かれるのももっともという風情《ふぜい》。村田屋は仕事にかけては辣腕《らつわん》だが、一九にはむきつけにきつくもいえない、というより、一九をおちょくるのが楽しいらしい。

〈いやぁ、そういわれると、まこと大弱りの助だ、なんで売れねえのか、ふしぎですねえ、あんなに面白い本が〉

と一九はぬけぬけというが、口跡がはきはきして、口吻《ものいい》に愛嬌があるから憎めない。

〈そりゃ、世間の読み手が面白くねえからでしょう、金を出す客は正直さ〉と村田屋。

〈一九さんも何かこう、筋立ての面白い仇討物《あだうちもの》とか、奇想天外な趣向にうまく教訓をおっかぶせて笑いをとるとか、何とかここらで一花咲かせたいもんじゃありませんか。あんた、大坂《おおさか》から江戸《えど》へ来なすって何年になるね〉

〈ありゃ寛政《かんせい》五年（一七九三）だから足掛け九年になりやす。そうはいいなさるが、わっちもどうやら黄表紙《きびょうし》作者としては一本立ちしてちっとは名も売れ、作料《さくりょう》もあがり……〉

〈名も売れたが遊び好きのお前さん、生まれて初めて金と名声を両手にして慢心が出る段か、色里に大はまりの、入婿《いりむこ》の内儀《かみ》さんに愛想つかされの、トド追い出されの大失敗《しくじり》、今や後《あと》へ引けねえ背水の陣、ってところじゃねえんですか。今年になって、死にものぐるいにお作を持ちこんで来なさるじゃありませんか〉

〈あっはっは、こりゃすべてお見通しの呑《の》みこみ山だ、その通り、せっぱつまって耳から手がひらひら出て金の成る木をさがしていますのさ〉

といいながら一九は、それほど閉口したさまでもなく、

〈村田屋さんのお言葉だが、わっちは理屈や教訓はきつい嫌いさ。京伝《きょうでん》先生が書いてなすったが、『草双紙は理屈臭きが故に貴《たっと》からず。茶《ちゃ》なるを以《もっ》て貴しとなす』ってね〉

〈茶々にしすぎてお上のご政道まで茶らっぽこにひやかしたあげく、きびしいお取締りだ。蔦重《つたじゅう》さんを見なさい、京伝先生と道連れにお仕置きをくらって財産は半分没収、まごまごするとそれじゃすまねえ、春町《はるまち》先生みたいに首が飛ぶ。今は少しはまし、とはいえ、版元も用心さ。『文《ぶん》とも武《ぶ》っともいってみろ』なんてお上をしゃれのめすよりは、読みでのある仇討物の読本《よみほん》なんぞが危なげなくっていい。一九さんもそうしなせえ〉

〈わっちは学がねえから駄目だ、四角い字なんざ、ろくに勉強しなかった。若い時から器用貧乏というのか、ちょいとした絵も字も書いたから、それが小金《こがね》になってかえって身の毒、深い学問は究《きわ》めずじまいさ〉

〈それじゃ勉強努力しなさるんだね。戯作者《げさくしゃ》はああみえてみな、奮励努力の人だ、なまけ心を敵《かたき》と思って勉強していやすよ〉

〈勉強努力もわっちの性《しょう》にあいませんよ〉

一九は涼しい顔でいい放つ。

〈わっちの敵は色と酒さ、赤良《あから》先生じゃねえが、『世の中は色と酒とが敵なり　どうぞ敵にめぐりあひたい』ってね〉

〈一九さんにはかなわねえ〉

と村田屋は顔を崩してしまう。

〈ほんとになまけもんだ、お前さんは。それじゃ内儀さんに抛《ほう》り出されるはずだね〉

〈ところが塞翁《さいおう》が馬で、独り身になったおかげで夜はつれづれ、せっせと書くことができましたのさ、わっちは読本の仇討物など書けはしねえ、史書にも暗し、漢籍も不案内、春町先生や喜三二《きさんじ》先生みたいな奇想天外な思いつきもなし、京伝先生みたいに博学多識でもねえ、かといって勧善懲悪や孝子物なんて武左《ぶざ》好みのものを書く柄でなし、――わっちの好きなのはね、わっさり、ふんわりした笑いさ〉

〈はてね〉

〈お上のご政道に口を出すなんて骨のある笑いじゃねえ、大人も子供もわかる笑い。それどころか、わっちは自分で自分を笑っていやす。その気分がなけりゃ、ひとを笑わせることなんぞ、出来やしませんや、忠義の侍が情《じょう》を無にする辛《つら》さ、親子夫婦の仲が義理に裂かれる悲しさ、それを書いて人を泣かせるのは楽だが、笑わせるのはめったなことでは出来ません、わっちは罪のない笑いで人の頤《おとがい》を解かせるという、これをねらっていますのさ、……とまあ大《おお》自惚《ぬ》叩《たた》いて大風呂敷《おおぶろしき》、ありようは、どれか一つが当ってくれねえとお先まっくら。おっしゃる通り、ここらで、一花咲かせたいもので。このまま『埋れ木の花咲くこともなかりしに』となっちゃ、目も当てられません〉

〈へえ——。これがその、『わっさり、ふんわり』した笑いかえ〉

と村田屋は一九が持ちこんだ草稿をぱらぱら繰ってみて、

〈道中物だね、珍しくもない〉

〈冗談はよし太郎。こんな趣向の道中物ははじめて。旅は道づれ世は情けとばかり、太郎《たろう》冠者《かじゃ》、次郎冠者《じろうかじゃ》が東海道《とうかいどう》を泊り泊りでしゃれのめす……〉

〈それだってべつに新しくはねえ趣向ですよ、古くからある〉

〈故《ふる》きをたずねて新しく仕立て直すは戯作者の本分なり、と孔子《こうし》ものたまい——ってはいねえが、こりゃもう、絶対、笑いをとること疑いなし、という上作。それで以《もっ》て、わっちも儲《もう》かり、栄邑堂さんも大繁昌《はんじょう》、店先は人の山、買手を待たして本を刷るひまもないという、飛ぶような売れ行き、売出しの吉例とて、みなで蕎麦《そば》を食べて祝うのが、その蕎麦を食べているひまもなく、売れに売れて、蕎麦が伸びるように身代が伸びるという……〉

〈あっはっは、よく口の立つ一九さんだ、それくらい筆が立てばいいんだが、何しろ、こないだの『旅眼石』は売れなかった〉

〈ほい、その件はもう、すみだ川。この『浮世道中　膝栗毛』が売れれば、それも連れて売れますよ。——実は去年、箱根《はこね》へ湯治にいきましてね、いえさ、独りですよ。家を追ん出された気晴しに。で以て、道々、戯作《げさく》の筋を案じながら……それでこの作も、お江戸を出て箱根まで、の面白道中記〉

〈うーむ、これも売れなければ、どうすりゃいいんです〉

〈そんなはずはありませんよ、村田屋さんが損をするわけはねえでしょう、画《え》はわっちが描くし、版下《はんした》だってやりますよ、自分で〉

　版下書きというのは、絵にあわせて、きれいに、よみやすい字で草稿を書き写してゆく、本作りの一つの工程である。一九は筆跡も綺麗《きれい》で読みやすいので、絵を描いたついでに、字も書く、というわけ。——この、字と絵は別々に切り離して、それぞれ専門の彫師が彫る。版下稿《はんしたこう》の紙面を裏返しにして、厚さ三センチ弱の桜の板に糊《のり》で貼りつけ、彫ってゆくのである。

ともあれ、画も版下も一九が書く、となれば、出版元としては利潤の効率はかなり高いといわねばならない。それならば、と、

〈そうだね、……じゃ、ま、やってみますかね〉

と村田屋があまり乗気でなくいうと一九はにっこり、額を叩いて、

〈これはありがた山のほととぎす、ついでにどうでしょう、作料《さくりょう》の前借り、ってのは……〉

〈そうは問屋のおろし金《がね》、さ。欲張りなさんな〉

〈そういや、わっちはこの本から熊手《くまで》の花押《かおう》を使ってみようかと思っていやす。爪の長きは熊手の性《しょう》、おもいいれ（思いっきり）金をかきあつめやしょうと考えてね〉

〈あきれたね、こっちへも少し廻《まわ》しな〉

〈ありようは、ここらで、戯作だけでめしが食えたらな、というのが夢でね。『談合《だんこう》の膝栗毛こそたのむなれ　とにかく足にまかす駅路《むまやじ》』神さま仏さま、膝栗毛さま、栄邑堂さまだ〉

〈おいおい、あたしを拝まれたってどうしようもねえよ、あっはっは〉

2

一九と、そして版元、栄邑堂・村田屋治郎兵衛、二人とも、まさか『膝栗毛』が、あんなに当るとは思いも染めなかった。

——いや、およそ二百年近い現代まで、いまだに「弥次《やじ》・北《きた》」の名と、膝栗毛という言葉が、日本民族の耳に親しく、心に深く沁《し》みついていようとは、想像もつかなかっただろう。ところが、一九がはじめて享和二年（一八〇二）に出した『浮世道中　膝栗毛』は、一九も版元も驚くほど世間に喜び迎えられた。

二編（いや、膝栗毛はこの巻で終るつもりだったらしく、「後編」と称しているが）のはじめに、村田屋が一九に代って書いている。

「膝栗毛初編　祥《さいはひ》にして世に行る《おこなは》」

さいわいにして——一九も村田屋も、（まぐれ当りだね）と思っていたのかもしれない。柳の下の泥鰌《どじよう》を再びねらって村田屋は一九に後編をせきたてる。機を見るに敏なる版元のこと、このチャンスを逃しては……と思ったのであろう。さすが遊び好きの一九も、今までの作者生活の中ではじめての手ごたえを感じ、

（よし、一丁やってみよう）

と奮い立ったことであろう。恋川春町《こいかわはるまち》や山東京伝《さんとうきょうでん》、先輩の花々しいブームをうらやんできた身に、やっと幸先《さいさき》よい風が吹いてきたのだ。

（いまの間《ま》だ。そのうち、移り気な読者の好尚《こうしょう》は変るだろう、いまの間にせっせと熊手で掻《か》きあつめなくちゃ）

と一九は思っただろうが、ブームはおさまるどころか、二編、三編、四編……人気は人気を呼び、弥次さん北さんの評判はたかまるばかり。東海道の旅が終っても読者は離してくれず、更に金毘羅参詣《こんぴらさんけい》、宮島《みやじま》参詣、木曾《きそ》街道から善光寺《ぜんこうじ》まで詣《まい》り、まだ草津《くさつ》温泉まで足をのばして、主人公たちがやっと江戸へ帰ったのは文政五年（一八二二）、なんと、通算二十一年のちだった。のちには版元も村田屋だけでなく、鶴屋《つるや》・河内屋《かわちや》といった有名な出版元も加わり、かくて『膝栗毛』は全国的に流布してもてはやされるベストセラーになった。

そんなに長く書き続けていると、さすが趣向の種も尽き、マンネリにはなってくるものの、その成功によって一九は、かねての宿願、〈戯作だけでめしを食う〉という夢が実現したのである。

つまり日本文壇史上、はじめてのプロ作家となったわけである。それまでの戯作者、草双紙作家は、みな家業のかたわらの余技であった。あるいは武士であり、あるいは小間物屋、薬屋、などで生計を立てる町人だった。一九は筆一本で生活を支え得た流行作家となったのだ。同世代の滝沢馬琴《たきざわばきん》が後年、原稿料で生活するより三、四十年は早かったろう。

馬琴は一九より二歳年少だが、この道では先輩作家、かてて加えて狷介《けんかい》でつむじまがりで圭角《けいかく》の多い馬琴だから、一九の文壇的成功に白い眼を向けたのではないかと思われるが、これが不思議なことに、たいていの人を貶《けな》す馬琴が、一九には好意的だったらしいのだ。

馬琴の『近世物之本江戸作者部類』によれば、

「その性滑稽を好みて」「性、酒を嗜《たしな》むこと甚しく、生涯言行を 屑《いさぎよし》とせず浮薄の浮世人にて、文人墨客《ぼくかく》のごとくならざれば書賈《しょこ》らに愛せられて、暇《いとま》ある折他の臭草紙《くさぞうし》の筆工《ひっこう》さへして旦暮《たんぼ》に給《きゅう》し、その半生を戯作にて送りしは、この人の外に多からず」

滑稽《こっけい》なことが好き、酒が好き、ちゃらんぽらんではあるが気取ったり構えたり、勿体《もったい》ぶったりしなかったから、本屋版元、出版関係者らに好かれた。時には他人の本の筆耕まで頼まれれば気さくに引き受けた。それやこれやで、物書き一本で世を送ったのは、一九のほかにはそうたくさんいないんじゃないか。——と馬琴はいう。

一九は自分の著作のあとがきにも「作者一九義《ぎ》、当春は大分著述いろ〳〵ございます。何卒御評判よろしくお頼み申します」(『化物《ばけもの》太平記』)「是は御子息さまへ御年玉に御目にかけます。よろしく御披露御頼申します」（『初登山手習方帖《しょとうざんてならいほうじょう》』）などと、全く愛想がいい。揉《も》み手をして読者のご機嫌をとりむすぶという感じ、一九にしてみれば、学殖を誇り（馬琴は他人をはかる物指しに、学のあるなしを基準にしている）多識をひけらかすよりは、読者を身内のように心安く扱うほうが彼のニンに合ったのであり、それがまた読者としても黄表紙という気取らぬ娯楽読物の楽しみであったのだろう。

一九は作品ばかりか、その人自身も、諸人に愛せられる人柄だったようだ。

気さくで気取りがないとは言い条、一九はもともと武家の出自であるらしい。くわしいことはまだ不明な点が多いが、馬琴のさきの本を始め、いろいろな資料によると、駿河府《するがふ》中《ちゅう》の生まれで重田《しげた》貞一《さだかつ》といい、幼名を市九《いちく》といった（そこから一九という雅号ができたと馬琴はいう）。明和二年（一七六五）酉《とり》年の生まれ、それゆえに、酉の市の熊手に引っかけて熊手の花押を用いると一九はいっている。

武士の子だから一通りの教養は授けられたであろう。謡曲・狂言に通じ、書も画も人なみ以上である。多能多芸な人らしい。若年のころ、小田切《おだぎり》土佐守《とさのかみ》に仕えて江戸にいた。のち小田切侯が大坂町奉行だったとき、大坂で再び仕えたともいわれるが、このあたりの消息はなお不明、しかし寛政元年（一七八九）思わざる所でわれわれは一九の名を発見することになる。大坂道頓堀《どうとんぼり》の操《あやつり》芝居の浄瑠璃《じょうるり》、『木下蔭狭間《このしたかげはざま》合戦』の作者連の中に、若竹笛《わかたけふえ》躬《み》や並木千柳《なみきせんりゅう》と並んで、一九の筆名という「近松余七《ちかまつよしち》」なる名がある。一九はのちに『敵討住吉詣《もうで》』の序に、「近松東南が門葉《もんえふ》につらなりて、ひとゝせ、大西筑後といへる操《あやつり》の狂言に」と書いている。大坂漂泊は七年に及んだと彼はいうが、浪人して市井《しせい》に沈淪《ちんりん》し、青春彷徨《ほうこう》のうちにおのれの文才一つを恃《たの》んで、浄瑠璃作者となっていたのである。その翌年の道頓堀の芝居『住吉詣婦女行列』にも作者の一人であったと。

このとき、とし二十五、六。

大坂は若い一九にとって、尽きぬ悦楽、逸興《いっきょう》の泉であったろうと思われる。大坂で武士を捨てたというのもうなずける。お江戸と違って大坂は町人の都である。政治権力の代りに金権がはばを利かせている。金は渦巻き流れ、遊蕩《ゆうとう》の誘惑は底知れず、人を骨抜きにする。そこばくの才気に恵まれた青年にとって、浪花《なにわ》はどんなに蠱惑的《こわくてき》であったことか。

この頃からほぼ十年あと、浪花に遊んだ馬琴は『羇旅漫録《きりょまんろく》』という見聞エッセーを書いている。「妓楼、雑劇に混《こん》ず」、つまり妓楼《ぎろう》と芝居がうちまじる、道頓堀や、「夜はかけ行灯を軒に出し、甚だにぎはへり」という難波《なんば》新地、「順慶町の夜見世こそめさむるわざなれ。暮れより四ッ時《どき》（田辺註《ちゅう》　夜十時頃）までは十町余、両側みな商人なり。故に買物には夜出る人多し……喧嘩争論なきゆゑに、賊の愁《うれい》もなきにや」

「堂島の朝市《いち》。これは又勢ひありてめざまし」

「大坂の人気《じんき》は、京都四分江戸六分なり。倹《けん》なることは京を学び、活なることは江戸にならふ。しかれども実気《じつき》あることは京にまされり」

馬琴が大坂滞在中もてなしてくれた人も戯作《げさく》と筆耕で妻子五人を養っていた。「戯作のみをもて妻子を養ふこと、広き江戸にさへなければ、大坂は書肆《しょし》の富《とめ》る地なること、これにてしるべし」当時、心斎橋《しんさいばし》通りには出版業・本屋が軒を並べていた。

「大坂の妓楼は、新町と島の内、曾根崎よろしくみゆ」

「凡《およそ》、揚屋《あげや》の広く奇麗なること大坂にしくものなし」

「大坂は京ほど遊歴の旅客なし。しかれども街頭悉《ことごと》ク妓楼にて、又悉ク繁昌す。大坂は一体金銀融《ゆ》通《づう》よき地にて、商家の小廝《こもの》といへども、自分のはたらきを以て商ひの利を得ることあり。昼は業用にゆだんなく寸暇あるものなし。夜は五ツ（出辺註　午後八時頃）より後、商家の主従みな徒然《つれづれ》なり。ゆゑに一日の辛労を忘れんために、妓楼に至りて酒もり遊べり。商家の奉公人も、自分一個の商ひにて得たる所の金銭を費し、敢て主人の財をかすめるにあらざれば、主人も強《たっ》てこれをいましめず。ゆゑに妓楼おのづから繁昌なり」……浪花は現実謳歌《おうか》、本能肯定の、歓楽にはいたく寛容な気風の土地だったのである。抑圧も強制もない。この淫風《いんぷう》みちみてる都の気風が、多情多感な青年一九の才質を開拓し、どんなに磨いたかは察せられようというものだ。

一九は絵もよくしたということは前に述べたが、それはどうやら大坂で鳥羽絵《とばえ》描きの耳鳥斎《じちょうさい》に習ったらしいのだが、この耳鳥斎がチャリ浄瑠璃の名人だったという。

チャリというのは滑稽・道化というような意味だが、戦前、私の子供時代には日常語として大阪人《おおさかじん》はふつうに使っていた。〈チャリな人や〉などという。滑稽な人、おどけた人という気分である。歌舞伎や浄瑠璃では、深刻なドラマの中で一人二人、おどけた役割の人間が出て来て、ドラマの緊張をほぐし、笑わせてくれる。これを「チャリ」という。『仮名手本忠臣蔵《かなでほんちゅうしんぐら》』の鷺坂伴内《さぎさかばんない》がそうだし、『心中天の網島《しんじゅうてんのあみじま》』の丁稚三五郎《でっち》とか、『冥途《めいど》の飛脚《ひきゃく》』の忠三郎《ちゅうざぶろう》女房、『心中重井筒《しんじゅうかさねいづつ》』の阿呆《あほう》の三太郎《さんたろう》など、チャリのおかしみが、観客の笑いを誘いながら、よけいに緊迫感を盛り上げるのである。——現代の大阪でも、チャリは幅を利かせており、個体に於《お》いても何パーセントかの〈チャリ度〉というものは、円滑な社交テクニックとしてあらまほしい、という暗黙の文化がある。おそらく天明・寛政初めの浪花もそんな気風が横溢《おういつ》し、人々はチャリを重んじ、チャリを嘉《よみ》して、育ててきたのであろう。

後年一九が書き散らす、他愛ないチャリ文学は、浪花の風土が培《つちか》ったものとおぼしい。弥次・北などは、つまりはチャリなのである。

さてまた、浄瑠璃作者の片端に連なる一九としては、もしかしたら何かの機会に、近松《ちかまつ》門左衛門《もんざえもん》の辞世の文など、目に触れることはなかったろうか。そういえばどちらも武士の家に生まれながら「武林《ぶりん》を離れ」て町人となっている。近松は死に近き七十二歳のある日、述懐する。

「市井《しせい》に漂《ただよう》て商買《しやうばい》しらず、隠《いん》に似て隠にあらず、賢に似て賢ならず、ものしりに似て何もしらず、世のまがひもの。

からの大和の数ある道々、妓能、雑芸、滑稽の類までしらぬ事なげに口にまかせ、筆にはしらせ、一生を囀《さへづ》りちらし、今ハの際《きは》にいふべくおもふべき真の一大事は、一字半言もなき倒惑《たうわく》、こゝろに心の恥をおほひて、七十あまりの光陰、おもへばおぼつかなき我世経《わがよへ》畢《をはんぬ》……」

青年客気の気負いにみちた一九には、この老近松の述懐が魅惑的だったかもしれない。よし、おれも一生を囀《さえず》りちらし、書き散らして生きてやろうと……思ったのではないかと私は考えたりする。

ええやないか、隠に似て隠にあらず、賢に似て賢ならず、ものしりに似て何もしらず、世のまがいものになったろやないか。

浪花漂泊のうちに浪花なまりが口について出るようになった一九は、六、七十年昔の大戯曲家の述懐（それはにがい自省の味があるのだが、一九に自省は無縁である）に共感して、かえって気焔《きえん》を上げた……のではないかと、私は想像する。

3

そういえば冒頭の、一九と村田屋の会話も私の想像である。

子供の頃に「弥次北の膝栗毛」という本を、たいていの人は与えられると思うが、これは罪のない珍道中物で、風呂桶《ふろおけ》を踏み抜いたとか、狐とまちがえられて縛られるといった失敗談ばかりが並べられ、他愛ない笑いを誘うようになっていた。それっきり、弥次・北は人々の裡《うち》から、忘却の闇に沈んでしまう。ただ二人連れを「弥次北道中」といい、昔の徒歩の旅を「膝栗毛」と称《とな》える記憶は、長く日本人の心に滲透《しんとう》した。

こんど、この企画で私ははじめて弥次・北の道中記（東海道中のみだが）を通読して、実にさまざまの感慨を持った。

これは、近代文学の概念でいうと、何ともはや、下らぬ駄作なのである。主人公の二人づれには個性も精神の自立性もない。だからおかしみはあっても瞬発的な状況のおかしさばかりである。道中記といっても土地のゆかりや風景、伝説や領主の話は一向出てこない。神社仏閣はたいてい素通り、四季さえも判然としない。そのくせ、女とみればからかったりくどいたりする悪ふざけは、やたら執拗《しつよう》に描かれる。何より女性読者がついていけないのはくりかえし出てくる糞尿《ふんにょう》趣味である。一九はかなりのスカトロジストであるのか、または当時としては、普遍的な話柄の一種であったのか、近代人としては読むに堪えない猥《わい》雑《ざつ》な話がくりかえし出てくる。スカトロジイも猥褻《わいせつ》も現代では文学的市民権は与えられてはいるが、かなり高次元の文学的構築力を必要とする。しかし一九のそれは、単に放恣《ほうし》に垂れ流しされているばかりだから、座興としての芸もなく、読み物としては品の悪いことおびただしい。ましてや文学的成熟など望むべくもないので、近代の読書家から見れば、唾棄蔑笑《だきべっしょう》されてもしかたがないであろう。とにかく「キタナイ」のだ。

士大夫《したいふ》の手に取ることをいさぎよしとしない猥雑文学だと、一笑に附されるかもしれない。

ところが、——である。江戸・明治の士大夫は手に取らなくても、近代の紳士がひそかに愛好する、ということはある。紳士の国・イギリスで、思いきった艶笑《えんしょう》文学がひそかに行なわれているようなものだ。

現代でも『膝栗毛』の低次元なスカトロジイにただならぬ関心と興趣を発動される紳士も（この場合、紳士という語は男女を問わぬ有識者として使いたいが、残念ながらスカトロジストは殆《ほと》んど男性のようである）いられるのではないかと私は推察している。

『膝栗毛』の野卑な哄笑《こうしょう》が、あるいは現代人の失った、さかんな野性の活力を奮い立たせてくれるのではあるまいか、……という気もして、私は両三度、『膝栗毛』のページを繰るうち、その「キタナイ」話には、いつまでたっても慣れずに閉口だが、その代り、本書のもつ、生々《せいせい》たる一種のリズムに乗せられ、ある快感をおぼえたのである。

弥次・北の口吻《こうふん》がめざましいのだ。二人の会話《やりとり》のスピーディでおかしいこと、怒罵嘲弄《どばちようろう》のセリフの流暢《りゆうちよう》さ、阿呆《あほ》らしさ、——無性格な会話のおかしさについては式亭三馬《しきていさんば》のほうがきわめつけ、愉快なのだが、この弥次・北のそれも、無責任で調子よくって、一九風にいえば「奇妙奇妙」というたのしさ、このたぐいの面白さは、ちょっと現代文学の範疇《はんちゆう》に入りきれず、それでいて捨て置きがたい一種の味がある。菲才《ひさい》の私には一種の味、としか表現できないのが残念だが「奇妙奇妙」というのも一つの文学的評価にはちがいないのだ。

それから、この当時は道中案内がベストセラーだったというから、実際に旅行に出ない人もそれを読んで旅へのあこがれを募らせ、宿駅の名も名所も、常識として知っている人が多かったろう。

されば、『膝栗毛』に、地名があるだけでもすぐ、風趣を喚起されたろう。べつにくわしく書くことは要らないわけだ。地名の暗示だけで、読者の連想を触発すればいいわけなのだから。

主人公の弥次・北たちはとにかく厚かましくって図々《ずうずう》しくって、ケチで助平で、人倫に悖《もと》ることを平気でやって——つまり人間の裡なる、悪しき部分を、モロ露呈する、けしからんおっさんお兄さんたちであるが、これがおどけた道化、チャリで、人を笑わせつつ、チャリにはチャリの悲しみがあると、書かれているのがいい。

道中の終り頃、大坂へきて、大坂の人に〈もう大坂人になって永住しないか〉と誘われ、北八《きたはち》のいうよう、

「イヤわつちらも、何ぞおぼへた職でもあるとい丶けれど、是《これ》で食をふといふことが、ひとつもねへから、どこへいつてもつまらねへものさ」(「八編・下」)

風来坊なりに自分の身の上を分析把握している。極楽トンボは極楽トンボなりに浮世の苦労の風が骨身に沁《し》み、それでいてくよくよしない不思議なバイタリティ、三度のめしより チャリをいうのが好き、よくできた小咄《こばなし》を披露して周囲の笑いを取るのが人生至上の快楽という、これをしもある種の好事家《こうずか》、風流の痴《し》れ者、と呼ばずして何であろう。阿呆らしいナンセンスのよさ、快美に、私も開眼することになったのだ。同時に、作家としての一九にも興味を持ってしまった。

## 4

一九は、よく女にもてたらしい。すっきりした男前で様子もよく、愛嬌《あいきょう》と才気がある、出身は武士で素姓も正しい、ということになると、女たちも拋《ほう》っておかなかったのかもしれない。伝えられる所では大坂の材木商の家に入婿したというが、江戸時代に、しかるべき家と家業をもっているということは大変なことで、細民とは一線を劃《かく》する階級、いわば逆玉《ぎゃくたま》の輿《こし》である。そういう家に入婿したから生活の心配なく浄瑠璃《じょうるり》が書けたのか、あるいは作者生活と二股《ふたまた》で家業にいそしんだのか。私は、これはたぶん前者で、一九は材木商の家付き娘か、後家に惚《ほ》れられたのではないかと思う。しかし野良の文学青年に堅実な商家の主人がつとまるわけはなく、しばらくして離縁し（あるいは追い出され）、大坂に居辛《いづら》くなって江戸へ下った。一九自身、「大坂でふらちをしてきたので」といっている。もう三十前だった。

江戸ではどういう伝手《つて》か、耕書堂・蔦屋重三郎の家に居候になった。蔦重の家は黄表紙や浮世絵の出版元として忙しい。一九は遊んでもいられず、紙にドウサを引く仕事を手伝っていたが、何しろ滑稽《こっけい》好きの、字も画《え》も器用というところを見込まれ、戯作者の唐来三《とうらいさん》和《な》や樹下石上《じゆげせきじよう》に手ほどきされて、戯作《げさく》に手をそめることになった。山東京伝とも知りあい、京伝の黄表紙に画を描いたのもその頃。

寛政七年（一七九五）十返舎一九作ならびに画、『心学時計草』ほか二種の草双紙を蔦屋から出した。三部とも好評で、ここに一九は戯作者として花々しくデビューしたのである。以後精力的にあちこちの本屋から出し、またたく間に人気作家となった。ただしこれも馬琴の簡潔な評伝によれば、「臭草紙《くさざうし》にはけやけきあたり作なし」（傍点・田辺）ということになっている（「只、膝栗毛といふ中本《ちゆうほん》のみいたく時好に称《かな》ひて十数篇に及べり。その名聞《みやうもん》、三馬に勝れるはこの戯作あるによりてなり」と）。

当り作はないがともかく一九はやっと花のお江戸で新進作家として売り出した。その頃、長谷川《はせがわ》町の町家に再度、入婿する。よくせき一九は、女運がいいというのか、〈お天道さんと米の飯と女房はついてまわる〉というあんばい、ところが当の一九はそろそろ江戸の文壇にも顔が利き、式亭三馬や京伝、馬琴と知友がふえ、金廻《かねまわ》りもよくなっている。そういう男が謹厳実直に入婿で収まっているものか、またもや遊里にはまりこみ出した。この時代の戯作者でいちばん吉原《よしわら》で遊んだのは、山東京伝と十返舎一九だといわれる。『青楼絵本　年中行事』という美しい本があるが、絵は喜多川歌麿《きたがわうたまろ》、文章は一九である。一九は廓中《かくちゆう》の消息にすこぶるくわしい（しかしこれは種本があり、その引き写しと焼き直しだといわれる。一九の作品には総じて種本の焼き直しが多い)。——何にしても吉原の機微には疎くはなかったであろう。

そのうち寛政九年(一七九七)には世話になった蔦重が亡くなり、その上、遊蕩《ゆうとう》が過ぎて、またも大坂の二の舞で入婿先をしくじってしまう。このあたりが何ともおかしい。抛《ほう》り出された一九はもとの身一つになり、ここらでそろそろ戯作でめしが食えたらなあ……と思い立った、というのは、はじめに書いた。

ところで、戯作者たちが手を更《か》え品を更え、妍《けん》を競って書きくらべた本は、どういうものだったろうか。

それより七、八十年前ぐらいから、江戸では子供向きの絵入りの小型本が出版されていた。表紙の色によって赤本や黒本と呼ばれる。だんだん手のこんだ文章や絵になって、表紙も黄色になったが、子供や女たちの読み物であるのは変りなかった。

そこへ、安永四年(一七七五)に、恋川春町《こいかわはるまち》が『金々《きんきん》先生栄花夢《えいがのゆめ》』を出し、それが黄表紙の流れを変えた。黄表紙はオトナのよみものになったのである。今までのお伽話《とぎばなし》や教訓ではなく、現代小説になり、流行語や流行風俗が盛られ、遊里や粋人の機微をうがち、インテリの好尚《こうしょう》に叶《かな》うものになった。男性読者やインテリの楽しめる挿絵入り大衆小説がはじめて出現したことになる。

作者は恋川春町や朋誠堂喜三二《ほうせいどうきさんじ》、どちらもれっきとした武士である。教養があって粋人で筆の立つ彼らは、潑溂《はつらつ》たる戯作の新天地を開いていった。更につづいて山東京伝、これは江戸深川木場《ふかがわきば》生まれの生粋《きっすい》の江戸町人、春町と同じく、絵師として一流だったが、戯作者としても才筆をふるって人気が高い。出版界は未曾有《みぞう》の活況を呈したが、ちょうど松平定信《まつだいらさだのぶ》の寛政の改革に遭い、草双紙の出版取締りがきびしくなった。戯作者たちにとって時事を報道し、政局をおもしろおかしく諷刺《ふうし》し嗤《わら》うのは、恰好《かっこう》のテーマだったが、それは放恣に拡がる好色読物とともに禁圧の好餌《こうじ》となった。

春町はお咎《とが》めを受けたあと急死し（自殺ともいわれる）喜三二は黄表紙の筆を折った。京伝は手鎖《てぐさり》五十日の筆禍に遭う。

戯作者たちの政治諷刺は深く静かに潜航する。表面は茶らっぽこを叩《たた》いて滑稽ひとすじ、パロディのあそび、言葉あそびの限りを尽くして、エネルギーを放出しようとする。

読者人口は増大し、需要はふえる一方である。

一九はそこへ登場した。〈わっさり、ふんわり〉した笑いが時好に適《あ》ったというべきか。新しく参加した大衆読者は凝った名文よりも、わかりやすい平明な文章、面白い絵、開放的で下品で猥雑な笑いを好んだ。それに江戸の遊里の話や時代物のパロディも出尽くした観がある。そこへ道中物は目あたらしかった。洒落本《しゃれぼん》には江戸の遊里の通人がハバを利かせ、読者はとてもかなわねえと恐れ入らされるが、『膝栗毛』は田舎者のイモめいた言動が都会人の嗤《わら》いを誘い、主人公二人の間抜けぶりに優越感をくすぐられる。当る要素は備わっていた。

一九自身は、そこまでの見通しはなくて、実際に箱根まで足を運んだことではあり、これなら書けるだろうと筆をおろしたにすぎない。

さすがに旅の風光はまだ一九の記憶に新しいこととて、「初編」がもっともいきいきしている。

さてそれでは、弥次・北について私も東海道を旅してみよう。東京・大阪をつねに新幹線で奔《はし》ってしまう私だけれど古いこの日本の幹線道路にかねて関心を持っていた。大名行列が、お伊勢詣《いせまい》りが、敵討ちが、駆落者が、胡麻《ごま》の灰が、上り下りした東海道、池波正太郎《いけなみしょうたろう》さんの「梅安《ばいあん》」や、大佛次郎《おさらぎじろう》さんの「鞍馬天狗《くらまてんぐ》」や、吉川英治《よしかわえいじ》さんの「宮本武蔵《みやもとむさし》」が(これは実在の人だけれども)通った東海道、それに古来、ゆかしい歌枕を点綴《てんてつ》して、京人《みやこびと》のあこがれだった東路《あずまじ》の風光を思えば、私の心は躍り、弾むのである。おおーい弥次さん北さん、私もついていくから待っててえー。

# お江戸日本橋七ツ立ち

## 1

この弥次さん・北さん二人が、そのかみ、ホモ仲間だったなんて、ご存じでした？はじめて『膝栗毛』の「発端」編を読むと、そう書いてあるからビックリする。もっとも、この発端編は、ずっとのちになってから書き加えられたのである。「初編」はお江戸から箱根まで、だが、そのときには、弥次・北の素姓には触れられていない。

この道中記が評判になってから読者が、弥次・北ってのは、そもそも、どういう生いたちかねえ、と関心を寄せたのであろう。これは私にもおぼえがあって、昔々『言い寄る』という小説を書いたら、読者から、あの女主人公はその後、どうなりましたか、といってこられたので、『私的生活』（講談社）という続篇を書いた。するとまたその後は？　といわれ『苺《いちご》をつぶしながら』（同）を書き、とうとう三部作になってしまった。読者の中には、まどろっこしくて待ち切れないという方もいられるとみえ、乃里子《のりこ》が剛《ごう》の子供を産む、なんていう展開はどうですか、などとプロットまでヒントを与えてこられるので、おかしいったらない（どちらも主人公の名である）。

一九も、弥次・北に読者が注目して好奇心を持ったので、要望に応《こた》え、旅に出るまでの事情を書いた。それが「発端」編であるが、このときは初編の刊行から実に十二年もたったのち。

さて、弥次郎兵衛《やじろべえ》（この名前も、オモチャのヤジロベエ、手に乗せてバランスを楽しむ昔のオモチャの名称を響かせている）は、もと駿州《すんしゅう》府中で、栃面屋《とちめんや》という親の代からの商家の当主、百両二百両の小判には「いつでも困らぬほどの身代《しんだい》なりしが」と大きく出ている。これがお定まりの色酒にはまり（府中——いまの静岡《しずおか》市——には近くに安部川《あべかわ》町という遊廓《ゆうかく》があった）、陰間《かげま》の鼻之助《はなのすけ》に入れ揚げる。この鼻之助は旅役者の花水多羅四郎《はなみずたらしろう》（キタナイ名前がおかしい）の抱えの色子《いろこ》、これが北八、北八は陰間あがりというわけだ。

この陰間というもの、要するに男色を売る少年である。江戸時代のそれを現代感覚で考察するのはむつかしいが、日本の性文化の伝統からして、当時、男色は格別、倒錯とは見做《みな》されなんだらしく、庶民は男色に大らかである。

この陰間が、遊女・女郎と違うところは盛りの時が短いということ。花の命は短くて、というのが陰間の運命である。

少年のあいだのわずかな時期だけが商売になる。女にも見まほしい美しさとかよわさ、それが売り物らしい。やや長じて筋骨たくましく、髭《ひげ》の剃《そ》りあとも青々としてくると、いくら厚化粧して若作りしても、グロテスクになるばかり、こうなると陰間は遊女より分《ぶ》が悪い。江戸の川柳にも〈遊女よりあはれ陰間の年《ねん》明けて〉というのがある。遊女は年季勤めを終えて年増になっても、まだそこそこ商売も出来ようし、相応の幸運を手にするチャンスもないとはいえない。

しかし陰間は馴染《なじ》みの坊さん（陰間買いには寺院関係者が多い）のつてで、寺男に住みこむか、武家の中間《ちゅうげん》か、物売りになるしかない。

肥前《ひぜん》・平戸《ひらど》の城主で、よく下情に通じていた情理《わけ》知りの大名、松浦《まつら》静山《せいざん》はその著『甲子《かっし》夜話《やわ》』にいう。陰間のことをある者は、〈筍《たけのこ》〉だといった。何となれば、生長したら食えなくなるからだと。そのときそばにいた別の人がたわむれて口を出した。〈若いのを陰間、年とったのをばけまという〉と。

とにかく北八はそのたぐいの男である。弥次郎兵衛は身代を蕩尽《とうじん》してしまい、二人「尻に帆かけて」府中を夜逃げする（この尻に意味をもたせているのはいうまでもない）。弥次さんはとりあえず狂歌をよむ。

借金は富士の山ほどあるゆへに
　そこで夜逃を駿河ものかな

一九は狂歌や川柳が好きだったから、作中によく狂歌を入れる。それが陋劣《ろうれつ》なシーンを浄化するという効果をあげ、あやうく品位を保たせる。まことに五七五七七というリズムは高踏的でめでたいもの、日本人の心持によくかなうというべきか。

やがて江戸へ出て神田《かんだ》八丁堀《はっちょうぼり》の横丁に長屋住まい、北八は元服させて相応の商家へ奉公させ、弥次は破鍋《われなべ》に綴蓋《とじぶた》という恰好の嬶《かか》をもらい、というのだから、この時点で二人はホモだちから普通の友人になっているらしい。

ところが、北八が奉公先でしくじって急に金が要るという。弥次は友達甲斐《がい》に金策に奔走してやるが、たまたま持参金つきの孕《はら》み女が引き受け手をさがしているという話に乗り、一芝居打って嬶を去らせ、孕み女を嫁に直してその持参金を北八に与えようという算段。ところが孕み女は北八の色女だったとわかり、金が要るというのも実はその女に付けてどこその欲にからんだ男に押付けようという策略だった。ドタバタの大騒動のうちに、トド孕み女は血が上って死ぬわ、北八は奉公先をクビになるわ、弥次は嬶に去られるわ、「いつそのこと運直《まん》しに二人連れで出かけまいか」の相談がととのい、友人連に金を借りて二月半ば、お伊勢詣りを思い立ち、東海道中の第一歩を踏み出しました、というのが「発端」編である。

この二人の風貌《ふうぼう》はというと、弥次は横太りで色黒のあばた面、獅子鼻《ししばな》に目が三角の中年男で「おしやべりみな、すかたん」。北八はもと陰間というにしては、どんぐり眼で小鼻の張った醜男《ぶおとこ》で、「なすこと、たろべい駕《かご》」。

いよいよこの二人が出立の、出だしは浄瑠璃《じょうるり》風で荘重である。

「富貴《ふき》自在冥加《みやうが》あれとや、営《いとなみ》たてし門《かど》の松風、琴に通ふ、春の日の麗《うらら》か、げにや大道《だいだう》は髪《はつ》のごとしと、毛すじ程も、ゆるがぬ御代のためしには……」

泰平の御代《みよ》を謳歌《おうか》した厳粛な出だしから一転して、気散《さん》じな独りものの旅支度。旅の間、家賃を払うのも費《つい》えとばかり、借家を明け、家財道具は叩《たた》き売って金にかえた。「身上のこらず風呂敷包みとなしたるも心やすし」。ただし最低の準備として旦那《だんな》寺《でら》から往来切手をもらわねばならない。いまの海外旅行のパスポートみたいなもので、寺から往来切手、大家からお関所の手形（これは身元証明書）、この二つがないとお関所は通れない。寺へ百文出して切手をもらい、大家へはたまった家賃を払って手形を受け取り、酒屋と米屋の払いは、これは気の毒ながら踏み倒し。そのほかの「踏めるものは、見倒し屋へ授けて金に換へ、がらくた物は店請《たなう》けにしよはせて礼をうけ、漬菜《つけな》の重石《おもし》と炭かき庖丁は隣へ残し、ちぎれたれども、縄すだれと油壺は、向ふへゆづりて、何一つ取りのこしたるものもなく」とさばさば、身一つで出立する。

この両人の住んでいたという神田八丁堀は神田と日本橋の境の堀だったというが、いまの神田鍛冶《かじ》町一丁目、今川橋交叉点《いまがわばしこうさてん》のあたりであろうという。今はビルの間を車が疾駆してゆく。

そこから日本橋へ出る。七ツ立ちというのは午前四時頃、昔の旅人はだいたい一日十里ちかく歩いたというから、朝は早立ちである。

日本橋。長さ四十三間、ここがお江戸のシンボルともいうべき地点。すべての道は日本橋へ通ずという感じで、江戸時代には花のお江戸の、へそのようなところだったろう。広重《ひろしげ》の「東海道五十三次」、「日本橋」の絵は、火の見櫓《やぐら》がそびえるしののめの空に、早くも天秤棒《てんびんぼう》を担って商いに出てゆく魚屋、今しも日本橋にさしかかる大名行列が描かれる。江戸の切絵図には、

「此《この》橋上ヨリ御城 幷《ならびに》 富士山見エテ絶景ナリ」

とある。この日本橋の北詰には魚市場があるが、その賑《にぎ》わいも聞こえんばかり、ここを南へ渡れば京まで百二十五里あまり、十三日から十五日ぐらいの日程、前途は遠い。旅人は早暁の空気を胸いっぱい吸いこんで、草鞋《わらじ》の足もかるく、まだ眠る江戸の町を突っ切って高輪《たかなわ》へといそぐのである。

2

さて。

しみじみ現代の日本橋を見たのは、私ははじめてだ。頭上を首都高速都心環状線が走って、「絶景なり」という風趣はもはやのぞむべくもなく、下の川はヘドロでとろりとして液体の金属の如く澱《よど》んでいる。その川に無残に突き立てられる橋脚。日本橋自体は美しい石橋で、しかも橋柱を飾る青銅の怪獣は、みな凝った美しい彫像であり、東京の顔として恥かしからぬ名橋であるが、頭上を高速道路で圧《おさ》えつけられているのは悲しいなあ。「東京市道路元標」としるした柱が建てられている。日本橋は江戸文学にかかわる人には、なつかしくも慕わしいところだ。

現代もそうだが、お江戸の頃もこのあたりは中心街の一等地、切絵図で見れば南行して京橋《きょうばし》を渡り、銀座《ぎんざ》、尾張町《おわり》、ついで芝口橋《しばぐち》を過ぎて、浜松町《はままつちょう》、弥次さんたちは薩州《さつしゅう》様のお邸《やしき》も見たはず。やがて高輪の大木戸である。

いま海は埋め立てられて遠いが、江戸時代は大木戸の石垣にまでひたひたと波が寄せていたという。旅人を送る人はこの大木戸まで同行したものだと。その石垣の一部は今なお残って国の特別史蹟になっている（現・高輪二丁目）。ここは泉岳寺《せんがくじ》に近い。泉岳寺の信号一つ手前、第一京浜《けいひん》国道（国道15号線）、ひっきりなしに車が走る殺風景な道のかたわら、左側に、青草を頂いた古い石垣がそれである。私が行ったのは五月だったから、ほほけたたんぽぽやきつねのぼたんが咲いていた。

ここまでは江戸のご府内のうちだったという。大木戸を出ればいよいよ東海道の旅である。川柳に、〈高輪へきて忘れたることばかり〉――旅の持物、さては留守の人に言い置くことなど、あれもこれも。――しかしもう引返せない。

次に目ざすは品川《しながわ》である。日本橋から早くも二里、東海道中の最初の宿《しゅく》だが、上りの旅人でまだここで泊る人はいない。ここは旅人のための、というより江戸人の遊興の地である。海景もよろしく、飯盛女《めしもりおんな》（女郎のこと）を置くことが認められているのでたいへんな賑わいであったらしい。しかし前途はるかの弥次さんらは、さすがにここで遊ぶ気はないらしくてさっさとゆき過ぎている。

こんどの旅も、またもや「おくのほそ道」と同じく、編集者の妖子《ようこ》とカメラマンの亀《かめ》さん、荷物持《ポーター》ちのひい子と私という顔ぶれ、弥次・北が二タ組できたようなものである。

北品川商店街のなかをタクシーでゆく。旧東海道が商店街になっていてたのしい。

〈このへんに土蔵《どぞう》さがみがあるはずですっ〉

とこの人の癖で、きびきびと明晰《めいせき》で確信的な妖子の声が飛ぶ。大きな昔の旅籠《はたご》だったのがいまは〈さがみホテル〉になっているはずという。桜の造花で飾られた商店街、ちょっとみるとふつうの下町の商店街のようだけれども、あちこちに「旧東海道伝馬宿」「旧東海道本陣跡」などの立札が立っていて、心をそそられる。『東海道分間延絵図《ぶんけんのべえず》』で見ると、びっしりと民家がひしめき、賑わいのほどが知られる。

私は〈上総屋《かずさ》〉さんという屋号の酒屋さんをみつけた。上総屋さんなんて江戸の小説に出てきそうな屋号ではないか。関西でこんな屋号を目にすることはめったにないから、まるで草双紙そのままの世界で、私は昂奮《こうふん》してしまい、いそいでいう。

〈妖子さん、あの上総屋さんで土蔵さがみをたずねましょう、何たって名前がいい。それにちょうど狂歌一首、できました、《上総屋という酒屋にて道を聞く　ドーゾさがみをさがみて頂戴》ヒャア、できた、できた〉

妖子はあとの方は聞かなかったふりをして上総屋さんへ聞きにいった。なんと、ちょうど斜め向いの大きなファミリーマートがそれの跡だという。移れば変る世の習い。「客を止め、賓《ひん》を迎へて、糸竹《しちく》の音、今様《いまやう》の歌 艶《なまめか》しく」（『東海道名所図会』）といわれたさんざめきの宿場も、すっかり面変《おもがわ》りしている。

3

刑場で有名な鈴ヶ森《すずもり》は品川宿の南にある。いま南大井《みなみおおい》二丁目。国道15号線と首都高速1号羽田《はねだ》線の合するあたり、広い交叉点の向うには明るいビル群が林立しているというのに、こちら一ヵ所、陰気な植込みの一劃《いっかく》、「東京都史跡 鈴ヶ森刑場跡」。髭題目《ひげだいもく》を刻んだ石碑《せきひ》は、元禄《げんろく》六年処刑者の供養のため建てられたもの。小さい大経寺《だいきようじ》の境内にあって、火あぶりやはりつけに使ったという石がまだあった。火あぶりといえばもちろん八百屋お七《しち》、天《てん》一坊《いちぼう》や丸橋忠弥《まるばしちゆうや》らも、ここで処刑されたそうである。私も供養碑《くようひ》に手を合せてきた。誰が供えたのか、白菊の花が活《い》けられていて、よく手入れしてある。江戸の歴史に立ち合った気がする。ここでは、その近くの店の人に教わって昼食のおそばを大井《おおい》三業地の中の〈更《さら》科《しな》〉でたべる。土地の人の自慢通り、中々おいしい。

弥次さんたちは六郷《ろくごう》の渡しを越え、ここでの名物、奈良茶飯《ならちやめし》屋「万年屋《まんねんや》」へ入って昼食にしている。川崎《かわさき》にはお大師さんがあり、江戸からの参詣客《さんけい》でにぎわうから、このあたりも繁昌《はんじょう》である。万年屋で茶飯を食べつつ、大人の不良二人、何をしゃべっていたかというと、（原文を新仮名遣いにして適所でわかりやすくしてみる）

北〈コウ弥次さん見なせえ、今の女の尻《けつ》は去年までは柳でいたっけが、もう臼《うす》になったァ。どうでも杵《きね》にこづかれると見える。そして面妖《めんよう》、道中の茶屋では、床の間に乾《ひ》からびた花を活けておくの。あの掛物を見ねえ。なんだ〉弥〈アリャァ、鯉の滝のぼりよ〉〈おらァ又、鮒が素麵《そうめん》を食うのかと思った〉〈コウ、無駄をいわずと早く喰《く》わっし。汁がさめらあ〉

この二人は大名行列に行き会っても土下座（道へつくばること）しながらこっそり、こんなことをいい合う。

弥〈アレ見やれ、どれもいい奴《やっこ》だ。捲《ま》き端折《ばしょ》りで豪勢《ごうせい》に尻《けつ》が並んだは。何のことはねえ、葭町《よしちょう》新道《陰間茶屋のある所》の土用干しというもんだ〉北〈オヤオヤ弓をかついでいる人の笠を見ねえ。頭と延引《えんにん》していらァ〉〈そしてアノ羽織の長さは。暖簾《のれん》から金玉が覗いている〉〈殿様はいい男だ。さぞ女中衆がすり寄っていくだろう〉〈べらぼうめ、色々なことに世話を焼くは。彼方《あなた》がただとって、やたらそんなことをして詰るものかえ〉〈ナゼ、それだとって、アレお道具を見ねえ、アノ通りに立ちづめだは。ハハハ……

…〉

品が悪い段ではない、しかしまだ品の悪さで弥次さんらを恐れ入らせるうわての存在がある。道中の馬方である。弥次・北二人、ここから馬を利用してゆくうち、馬子《まご》同士、しゃべるのだが、品の悪さもここまでくれば、いっそ爽快《そうかい》というもの、一九は通《つう》の、粋《いき》の、という都会の似而非《えせ》文化人に一矢酬《むく》いたかったのかもしれない。北八を乗せた馬方は大道に小便をまき散らしつつ、声高にいうよう、

〈こないだの晩にな、アノ房州《ぼうしゅう》めが嬶《かか》がな、俺《うら》の親方の背戸口《せとぐち》で、小便《ばり》をこいていたと思え。ソレよ、シャアシャアという音を聞くと、俺《うら》も妙な気になったもんだんで、こいつァかまうこたァねえ、ぶっちめてやろうと思って、酒をぶっくらった元気でいきなりに腕《うじょ》ゥねじ上げて、そこへぶっ倒したと思え。そうすると嬶めが肝をつぶしやァがって、コリャァ何《あに》をするとぬかしやァがったから、エエ何《あに》よォするも犬《いん》の糞《くそ》もいるもんかえ、ぶってしめるのだ、黙ってけつかれというと、何《あに》があの図体《ずうたえ》だから、ひどい力のある女よ。この野郎みやァと俺《おり》ょを突っこかしやがったんで、エエどうしやァがると横っ面ァ一つぶんなぐって、厩《むまや》の壁へ押っ倒して乗っかかったと思え。まだ小言をぬかしやァがるから、俺《うら》が親方の子にやろうと思って餅よう買って来がけだから、その餅よう二ッ三ッ、嬶めが口へねじこんだら、むしゃむしゃと食らやァがるから、そのうちにぶっちめ

た。そうすると、もっとくれろといやァがったんで、俺《うら》もそこらァ探りまわして、馬《むま》の糞《くそ》たァ知らずに、あいつが口へ押しこんだら、胸《むに》よう悪がって腹ァ立ちやがるまいか。俺《うら》もあんまり可哀そうだんで、とうどう焼杉《やきすぎ》の下駄ァ一つ、物入りになったわな、いまいましい〉

これを聞いて「二人も大きに興をもよほし」腹かかえて笑ううちに、はや神奈川《かながわ》の宿《しゅく》に着くのである。ここは一九が、この先、万事この調子だよといいたげな筆づかいである。なお、このシーンのBGMとして、鈴の音しゃんしゃん、馬の嘶《な》き声ヒインヒインというのがある。ここでは二人は馬に乗ったが、『膝栗毛』というのは栗毛の馬に見立てたわが膝《ひざ》、つまりわが足であるくということ、徒歩旅行をしゃれて、膝栗毛といったもの、ときには弥次・北も、馬にも駕籠《かご》にも乗ったりするが、江戸の庶民の旅はみな膝栗毛だ。

弥次・北は寄らなかったが、江戸人士に大人気だった川崎のお大師さんへ詣《まい》ることにする。私ははじめてである。ここは有名な関東の名刹《めいさつ》、大山門もいかめしく、大本堂も五重の塔もあたらしい。境内は広壮、厄除《やくよけ》のお大師さんとしていまも庶民の烈々たる信仰がお寺を支えているとみえる。寺勢隆々というところ。

私は門前の商店街で、名物のだるまを買った。個人的動静にいたく関心を示すひい子は、〈この前もどっかでだるまを買いこんで、白眼のままですよ〉

と注意する。仕事ができあがれば目玉を入れられるのだが、できるとまた次の仕事が入るので、それができれば入れようと思っていると、また次のが……という具合。

〈じゃ永遠に白眼、というわけですよ、それでまた買うんですか〉とひい子。

〈白眼が好きなのよ、うしろめたいけど〉

白眼のうちは、ひょっとして私にも傑作が書けるかもしれないという、はかない希望があるではないか。傑作が書ければだるまに目玉を黒々と入れようと思いつつ、筆を走らせる。しかし結局、書き上がると不満と自己嫌悪ばかり、物書きは永遠にだるまの眼玉を黒くできない宿命である。当選してだるまの眼を黒くしている政治家なんぞは気楽なもんじゃないか。

〈白眼のだるまもいいんじゃないでしょうかっ。くろう知らず、と思えば、白眼ものんきじゃないですかっ〉

と妖子。みな一九が乗りうつったのか、やたら駄洒落《だじゃれ》をいう。私たちが笑うのより正確に一拍おくれて、亀さんは笑う。

神奈川の宿《しゅく》は江戸から七里、足弱の旅人、女や老人はここでまず第一夜の宿をとったというが、弥次・北は健脚だからまだ先へいく。しかしこの宿は台地になっていて下は海、眺めがいいので、たいていの旅人はここに足をとめて、しばし休んでゆくらしい。

「爰《ここ》は片側に茶店《ちゃや》軒をならべ、いづれも座敷二階造《づくり》、欄干《らんかん》つきの廊下 桟《かけはし》などわたして、浪うちぎはの景色いたつてよし」

と本文にある。茶屋の女の客引のセリフがおかしい。

「おやすみなさいやアせ、あつたかな冷飯《ひやめし》もございやアす。煮たての魚のさめたのもございやアす。そばの太いのをあがりやアせ。うどんのおつきなのもございやアす」

二人は酒でも飲んで元気をつけようと美しい娘のいる店へ入り、魚と酒をいいつけるが、魚の鯵《あじ》が「ちと、ござつた目もと」、古いんじゃないかという感じ、北八、早速一首よむ。

味《うま》そふに見ゆるむすめに油断すな
　きやつが焼いたるあぢのわるさに

油断できぬのは茶店の魚だけではない、道中は生き馬の目を抜く連中が旅人をまち構えている。二人のあとさき、十二三ばかりのお伊勢まいりの少年《こども》がついて、一文下さいという。伊勢神宮への抜け参り（主人や親にも黙って出るのである）は、いわば無銭旅行で、道中、土地の人々が施行《せぎょう》してやるならわし、弥次はよい退屈しのぎとばかり、手前《てめえ》、国はどこだ、と相手になってやる。笠《かさ》に書いてあります、というのをみれば、「奥州信夫郡幡《おうしゅうしのぶごおりはた》山村長松《やまむらちょうまつ》」。弥次、よせばいいのにからかう。〈ムム、おれも手前たちの方にいたもんだ。与太《よた》郎《ろう》どんなら、わしらがとなりさァにあり申す〉〈与次郎兵衛《よじろべえ》どのは達者でいるか〉〈与次郎兵衛という人さァ知り申さない。そのうちにのん太郎《たろう》という年寄りのじいさまがあるはずだ〉〈じじいはあり申す〉〈オオその与太郎よ。〉〈そして与太郎どののかみさまはたしか女だったっけ〉〈おかっさまァ女でござり申す。よく知っていめさる〉〈今じゃ何というか知らねえが、おいらがいた時分は、名主どのは熊野伝三郎《くまのでんざぶろう》といってな、そのかみさまが、内に飼っておいた馬と色事をして、逃げたっけがどうしたかしらん〉〈それよさァ、よく知っていめさる。庄やどんのおかっさまァ、内の馬右衛門《うまえもん》という男と突っ走り申した〉弥次の口から出まかせが、偶然の暗合に、北八も、〈イヤ妙々〉と面白がる。弥次は気をよくして一つ五文の大きい餅《もち》を五つ六つ買ってやる。別な伊勢参りの子供が〈わしにも餅よう買ってくれさい〉と来たので、またもや生国を聞くと、〈まず餅を買ってくれさい。そうせなけりゃ、此方《こんた》のいうことが当り申さない〉

何のことはない、子供が一枚うわてで、弥次はかつがれていたのだ。はや程ケ谷《ほどがや》、ついで戸塚《とつか》、ここで「すでにはや、日も西の山の端に近づきければ、戸塚の駅になんとまるべしといそぎ行く」。程ヶ谷、戸塚、客引の留女《とめおんな》がかしましい。「顔はさながら面《めん》をかぶりたるごとく、真っ白にぬりたて」というから、宿の飯盛《めしもり》（という名称の女郎たち）なのである。これが客を引きこむさまが猛烈、〈もしお泊りかえ〉と旅人を引っとらえて引っぱる。〈これ手がもげらァ〉と旅人がいえば〈手はもげてもようございます。お泊りなさいませ〉〈ばかァいえ、手がなくちゃおまんまが食われねえ〉〈おまんまをあがられねえほうがお泊めするには好都合さ〉〈ええ、いめえましい、放さねえか〉という調子、この留女もかなわぬのが図々《ずうずう》しい田舎者、〈宿賃が安くば泊りますべい〉という、留女、〈お旅籠《はたご》は二百文〉田舎者はこれを値切るのだからすさまじい、〈イヤイヤそうは出し申さない。その代り湯はぬるくてもよくござる。お菜《かず》はついぞ、かえて食ったことはござらないか、めしと汁《しる》はたった六七はいずつも食やァそれでようござるわ。その代りあしたの昼食《ちゅうじき》は、この柳ごりの弁当箱に一ぱいつめてもらえば、もうほかになんにも入り申さない、それで旅籠賃は百十六文、出し申そう〉留女も呆《あき》れ返り、〈そんなら、外《ほか》へお泊りなさいませさ〉

弥次・北、このにぎわいをおかしがり、弥次のこじつけ歌一首。

お泊りはよい程ケ谷ととめ女
戸塚前《とつかまへ》ては放さざりけり

この戸塚では大名行列の一行が止宿していたので旅籠はオール満杯、やっと宿《しゅく》はずれの開業したての宿屋が泊めてくれた。飯盛《おんな》をすすめられるのがうるさいからと、親子のふれこみで泊ったところ、開業祝いだと亭主に酒を振舞われ、酔ってくれば話は別、双方給仕の女中をくどいたりして、親子と思っている女中は大あきれで逃げてゆく。旅の一夜から独り寝だが、朝になれば結句二百文もうかったじゃないかと笑いつつ出立する。飯盛の代は二百文だったらしい。旅籠代と同額である。

# 箱根のお関所

## 1

私たちは車でまたたく間に保土ヶ谷《ほどがや》、戸塚、藤沢《ふじさわ》、平塚《ひらつか》と走り過ぎてしまう。大磯《おおいそ》がはじめの泊りとなった。

保土ヶ谷町一丁目（国道1号線）、コンクリートブロック塀の大きい住宅が「保土ヶ谷宿本陣跡」の軽部《かるべ》家である。火災や関東大震災のため、邸《やしき》はもとの面影はないが、広大な敷地のようである。

藤沢には、弥次さんたちは詣っていないが、遊行《ゆぎょう》上人の寺、遊行寺《ゆぎょうじ》がある。時宗《じしゅう》本山、清浄光寺《しょうじょうこうじ》。藤沢で東海道は左へ江《え》の島《しま》みち（更に鎌倉《かまくら》に達する）、また宿場はずれからは大山《おおやま》みち、夏の間二十日間の大山詣《もう》では大賑《にぎ》わい。（大山は相模《さがみ》の中央にそびえる山で、山頂の神仏混淆《こんこう》のお寺、正式の名は雨降山大山寺《うこうざんだいせんじ》。商売繁昌《はんじょう》、五穀豊饒《ほうじょう》、何でも叶《かな》えてもらえるという、景気のいい石尊大権現《せきそんだいごんげん》、江戸時代にはお伊勢さんと並んで人気抜群の信仰対象であった。）江ノ島も弁財天のご利益と美しい風光が呼びもの、二つの名所を擁して藤沢の宿は繁昌した。しかしもともとは、遊行寺の門前町として藤沢は発達したのだ。私は遊行寺がゆかしいので立寄ることにする。

時宗は鎌倉時代中頃に一遍《いっぺん》上人によって開かれた。上人は念仏弘通《ぐづう》の大願をたて、諸国を遍歴（遊行）して、踊り念仏で人々に仏法を弘《ひろ》め、遊行上人ともまた、捨て聖《ひじり》ともいわれた。『一遍上人絵伝』で見ると僧俗は鉦鼓《しょうこ》をうち鳴らし、陶酔乱舞している。人々は一遍の法話に聞き入り、次から次へと踊り念仏に加わった。歴代の上人も各地を遊行して教化《きょうげ》するならわしだった。いま遊行寺は立派なお寺ではあるが、閑散として簡素で俗臭のない「道場」である。木立ちの間に、合掌する一遍さんの、動きのあるポーズの銅像があった。踊躍《ゆやく》念仏をシンボライズしたものかもしれない。境内に骨董品《こっとうひん》など並べて（売り物らしいが、さまで熱意はなさそう）いるおみやげ屋があったが、そこの人なつこい飼犬が、気散じに人けのない境内をぶらつき、誰かれなしにあたまを撫《な》でてもらっていた。『絵伝』の中でいたるところに犬が描かれていたのを思い出す。

しかし犬といえば大磯《おおいそ》には断然多い。それも高級住宅地にふさわしい高価《たか》そうな犬が、美しきミセスたちに連れられて闊歩《かっぽ》しているのをずいぶん見る。私の家の雑種犬とは大ちがいだ。

大磯、といえば虎御前《とらごぜん》を連想するのが江戸文学の約束ごととなっている。曾我《そが》兄弟のゆかり、曾我の里も近い。兄の十郎祐成《じゅうろうすけなり》、弟の五郎時致《ごろうときむね》、二人の兄弟が苦節十八年、父のかたき工藤祐経《くどうすけつね》をついに討ちとったが、兄の十郎はその場で討たれ、五郎も捕えられ殺される。この鎌倉時代の敵討物語は民衆に感銘を与え、長く好まれた。ことに江戸時代の兄弟の人気は高く、江戸歌舞伎の正月興行は曾我物にきまっていたし、草双紙にも浮世絵にも、若くりりしき曾我兄弟をテーマにした作品が氾濫《はんらん》している。

虎御前というのは、兄の十郎の恋人で、大磯の遊女だったという。大磯には鎌倉時代から遊君《ゆうくん》（遊女）がいたのである。十郎が討たれたのは五月二十八日だった。その日に降る雨を虎御前の涙によそえ、「虎が雨」というのは俳句の季題にもなっている。

大磯の延台寺《えんだいじ》は見過してしまうような小さい寺だが、虎御石《とらごいし》というのが今にある。虎御前のお守りみたいな石といういい伝えで、陰陽石だというが、小さいお堂の奥にまつられていてよくみえない。弥次・北もこの「虎が石」を見にきている。

大磯へくれば鴫立沢《しぎたつさわ》の古蹟《こせき》に敬意を表しなければならないだろう。西行《さいぎょう》法師の「心なき身にも哀れは知られけり　鴫《しぎ》立つ沢の秋の夕暮」の歌は古来から、秋の三夕《さんせき》の秀歌の一つと数えられている。

五月雨が降りはじめた中を、大磯駅から近い鴫立庵《しぎたつあん》へゆく。元禄年間《げんろく》、俳人の大淀三千風《おおよどみちかぜ》が庵《いおり》をつくって西行の像を安置し、風雅に住みなしてから、急に鴫立庵が名所となった。西行の名を慕って訪れる文人墨客はかずしれず、庭には歌碑句碑《かひくひ》のたぐいがおびただしく林立している。

道路からは低く、谷底のような沢の傍ら、木々が繁って、厚い萱葺《かやぶ》きの屋根がみえる、それが鴫立庵である。こういうたてものは、京へゆけばそこらにいくらも見られるが、〈鳥が啼《な》くあづま路〉には珍しく、手入れもゆきとどいて簡素ながら風流である。しかし、何しろ昼も小暗い木々の繁みの奥にあるので、蚊が多くて閉口、無風流な私ははやばやと飛び出してしまった。私はぽつぽつ……という風に建っている歌碑句碑は好ましいが、無数にある石群《むら》は憮然《ぶぜん》として読む気もおこらない。おびただしく建ってさまになるのは、木の卒塔婆《そとば》だけである。

大磯には東海道の松並木が幾らか残る。国道1号線と旧東海道はこれまで重なったり離れたりしつつ並行しているが、大磯へ来て一部がぴったり重なり、市中に旧東海道の松並木が見られる。松食虫と排気ガスにかなりやられたというけれど、美しい巨木である。

東海道五十三次の宿駅は江戸幕府が開かれるなりすぐ整備された。道路を管理掌握することはすべての政策の基幹である。のちに道中奉行もできて、一里ごとの一里塚や枯れた松の植え継ぎなど維持に力をそそぐ。この大磯の松は大人二人が手を廻《まわ》してやっと抱えられるような太い幹に生長している。どれだけの長い間、旅人の往還を見てきたものやら。滄浪閣《そうろうかく》の前あたりの松のみごとなこと。この滄浪閣はいまはレストランだがもと伊藤博文《いとうひろぶみ》の別邸だった。吉田茂《よしだしげる》元首相がここに別荘を持ち、閣僚が大磯詣でをしたこと、各国要人が訪れたことも記憶に新しい。それらの歴史をこの街道の松は見てきたのだ。ここだけではなく、江戸から京までの間、旧東海道の匂いは思ったよりもあちこちになお、著《しる》くとどめられていた。新しいバイパスを走っているとき、かたわらの集落にたよりなげな数本の松が見えたりすると、すぐ、あのあたりは旧東海道ではないかと思いつくようになってしまった。

## 2

『東海道分間延絵図《ぶんけんのべえず》』で見ると大磯を出てしばらくは小さい村々を点綴《てんてつ》しつつ、松並木がつづいている。そんな道を弥次・北は「春の日の長欠《あく》びに、頤《あご》の掛金もはづるゝ斗《ばか》り、目をすりながら」歩きつつ、退屈しのぎに謎々をかけあう。

弥〈コレ、手前《てめえ》とおれと連れ立ってゆくとかけて、サァ何ととく〉北〈ソリャァ知れたこと、伊勢へ参るととく〉〈馬鹿め、これを馬二疋ととく〉〈なぜ〉〈どうどう（同道）だから〉〈ハハハ、そんならおいら二人が国所《くにどころ》なあに〉〈神田八丁堀、家主《いえぬし》与次郎兵衛店《だな》と解くか〉〈エエ、下手な洒落いうぜ、これを豚二匹、犬っころが十匹と解く〉〈そのこころは〉〈ぶた二ながら、きゃん十《とお》もの（二人ながら関東者）〉〈おきゃァがれ、コレ今度はむつかしいやつをいおう、その代り、手前《てめえ》解かねえと酒を買わせるがいいか〉〈解いたらお前《めえ》、買うか〉〈しれたことよ〉〈こいつァおもくろい〉〈ちっと長いぜ。マァこうだ、おいら二人が国所《くにどころ》とかけて、これを豚が二匹、犬っころが十匹と解く、その心は、ぶた二ながらきゃん十もの、サァこれなあに〉〈ハハハ、そんな謎があるものか〉〈べらぼうめ、ありゃァこそ掛けるは。解いてみろえ〉〈どうしてそれが知れるものだ〉〈知れざァいって聞かせよう。是を色男が自分の帯を解いて、女にも帯を解かせると解く〉〈豪気《ごうぎ》にむつかしい。そのこころは〉〈ハテ、解いた上で、また解かせるから。なんと奇妙か。サァ酒を買え、買え〉〈待ちなよ、意趣返《いしゅげえ》しをやらかそう。おれがのも、ちっくり長い。マァかいつまんだ所がこうだ。おいら二人が国所と掛けて、是を豚が二匹、犬っころが十匹と解く。そのこころは、ぶた二ながらきゃん十もの、これをまた、色男が自分の帯を解いて、女にも帯を解かせると解く。またそのこころは、解いた上で解かせるから。サァこれなあに〉〈ハハハ……とほうもねえ、長い謎々だ〉〈どうだ、弥次さん、知れめえがの。これを衣桁《ゆこう》のふんどしと解きやす〉〈そのこころはどうだ〉〈解いてはかけ、解いてはかけ〉

で大笑い。私はこの、「ぶた二ながら、きやん十《とを》もの」というのが好きなのだ。ところがこれ、現代の若い人にいうと笑うが私より年上の、大正フタケタあたりには受けない。どこが面白い、という。私などは昭和っ子だから、講談社の「少女倶楽部《くらぶ》」「少年倶楽部」で育った。ここには、子供たちに受けるこんな謎々がいっぱいあった。〈蟻が十ぴきお猿が五ひき〉なんてのは日常でも子供たちはよく使った。〈ありがとうござる〉というのである。『膝栗毛』の笑いは子供や庶民のなかに深く静かに滲透《しんとう》していた。なまじ明治大正のインテリには、この笑いは理解のそとであるらしい。

大磯から四里で小田原《おだわら》へ。宿《しゅく》はずれに早くも宿屋の出張宿引が旅人の袖《そで》を引く。この宿引と弥次さんの応酬の呼吸がまた面白い。――宿引、〈どうぞ私かたへお泊り下さいませ〉弥〈貴様の所は奇麗か〉〈さようでございます。この間建て直しました新宅《しんたく》でございます〉〈座敷は幾間ある〉〈ハイ、十畳と八畳と、店が六畳でございます〉〈水風呂《すいふろ》は幾つある〉〈お上《かみ》と下《しも》と二つずつ、四つござります〉〈女はいくたりある〉〈三人ござります〉〈きりょうは〉〈ずいぶん美しゅうございます〉〈貴様ご亭主か〉〈さようでござります〉〈かみさま

はありやすか〉〈ござります〉〈宗旨はなんだの〉〈浄土宗〉〈寺は近所か〉〈イエ遠方でござります〉〈葬礼はなんどきだ〉

ここへ北八が、〈コウ弥次さん、お前もとんだことをいうもんだ〉と口を挟み、弥次も〈ハハ、つい口がすべった〉と大笑い。

この、とんとんとたたみかけてストンと落す間合は、上方のしゃべくり漫才のコツそのままで、そのスピード感は殆《ほと》んど生理的快感といっていい。大阪人間の日常会話にも、右のようなやりとりが、よく消化《こな》れて出てくる。私が弥次・北のそばで聞いていれば奇妙奇妙、と悦に入るところ。

小田原の宿へ入れば、江戸から最初の城下町、箱根の関所を擁して肝要の地だから、殿様は譜代大名の大久保《おおくぼ》加賀守《かがのかみ》、十一万三千石。江戸から二十里、男の足で二番目の宿。明日は天下の嶮《けん》、箱根の山を越さなければならない。

私たちが小田原を訪れたのは初秋の快晴の一日で、復原された小田原城が青空に白壁も美しくそびえているが、弥次さん北さんはお城などに目もくれない男たちだから、さっさと町なかを通る。小田原城は北条《ほうじょう》氏の名城だったが豊臣秀吉《とよとみひでよし》に百日抗戦のあげく攻め落され、ついで徳川《とくがわ》氏の領するところとなったのである。

ここの名物は梅干しと小田原提灯《ちょうちん》と透頂香《とうちんこう》。本《ほん》町一丁目、欄干橋《らんかんばし》町に昔ながらの透頂香の店があった。有名な「ういらう」である。この店の祖先は元朝《げんちょう》に仕えて礼部《れいぶ》員外郎《いんういろう》という官であったと。元が滅びてから日本に帰化し、透頂香という薬を製して人々から霊薬として尊重された。東海道の往還に八《や》つ棟《むね》造りの邸、破風には家紋として許された十六の菊の紋と五七の桐の紋、あるじは代々虎屋《とらや》藤右衛門《とうえもん》と称して、商標は狩野元信《かのうもとのぶ》の描いた虎の絵である。東海道を往来する旅人の目をそばだて、名薬「ういらう」は大名から民衆にまで買い求められた。印籠《いんろう》に納めて道中の常備薬に、国への土産物にされて全国に有名になった。

その上、二世市川団十郎《いちかわだんじゅうろう》が「若緑《わかみどり》勢《いきおい》曾我《そが》」でういろう売りになってその効能を述べたてから、いっそう、名薬「ういらう」の名は弘まったという。歌舞伎十八番の一つである。いまも「ういらう」の製品は一子相伝で、分店やのれん分けは一切、しないとのこと。お菓子の「ういろう」もここの一手専売である。現在はういろうやとして、お菓子屋さんと薬局が隣り合っている。お菓子の「ういろう」は仄甘《ほのあま》く上品な、ソフトな蒸し菓子、涼しい風味の名菓である。

おくすりのほうの「ういらう」透頂香は小さい銀の小粒である。日本で一ばん古くから作られている薬といおうか、この効能書きを読むと凄《すご》い。腹痛・下痢・渋腹《しぶりばら》・胃痙攣《いけいれん》・慢性胃腸炎、食中毒・吐瀉《はきくだし》・嘔気《はきけ》・便秘・食欲不振・消化不良・寝冷え・頭痛・眩暈《めまい》・動《どう》悸《き》・息切・声の嗄《か》れ・発声過度《こえのつかいすぎ》・咽喉痛《のどのいたみ》・咳《せき》・痰《たん》のつかえ・心臓補強……もう、とても書き切れない。「外郎売」の台詞《せりふ》のようになってしまう。生薬らしい神秘ないい匂い、銀のビーズ玉の如き霊薬を私も早速、口に含む。疲労回復というのも効能書きにあるので。――このお薬は麝香《じゃこう》や桂皮などの天然の成分だから薬害はない。一二十粒入り四五十円が一ばん小さい箱だった。その昔の八つ棟造りの由緒あるたてものは関東大震災で失われたというが、お店の中には昔の写真が飾ってあった。――「ういらう」の本ものが見られて私は大満足。

雑駁《ざっぱく》なる弥次・北は、ここで一首。

ういろうを餅かとうまくだまされて
　こは薬じやと苦い顔する

二人が泊った宿の風呂は上方風の五右衛門《ごえもん》風呂だった。石川《いしかわ》五右衛門という大泥棒が、釜茹《かまゆ》でのお仕置きにあった故事からそういう名がついている。私が子供の頃は田舎へいけばまだ見られた。桶《おけ》の底は釜になっていて土のかまどの上にそれを据え、下からたきつける。薪《まき》が少なくてすむので庶民に好まれた。この風呂に入るには底板を下へ踏んではいる。

この底板はまた桶の上に浮んでいるので、沸かすときもおのずと蓋《ふた》になって早く沸きやすいという。経済的な風呂なのである。弥次はこれをはじめて見たので、浮いている底板を蓋と心得、何心なく取って片足を踏みこんだところが、じかに釜を踏んであっちち……と肝をつぶす。

どうして入るのかと聞けばいいのだが、江戸っ子の痩《や》せがまんで聞くも業腹、外で洗いながら見まわすと、雪隠《せっちん》（トイレ）のそばに下駄がある、〈こいつはおもくろい〉と下駄をはいて湯に入り、悠々と浄瑠璃《じょうるり》なんか歌っている。北がのぞいて、〈エー呆《あき》れらあ。道理で長湯だと思った。いいかげんに上らねえか〉

弥次は湯から上って下駄をかくし、何くわぬ顔で、北八に〈サァ、這入《へえ》らねえか〉という。北八、一目散に風呂へ足をつっこみ、とび上って、弥次に、どうして入ったと聞く。〈むつかしいこたァねえ、初めのうちちっと熱いのを辛抱するとのちにはよくなる〉〈馬鹿ァいいなせえ、辛抱しているうちにゃ、足が真黒に焦げてしまわァ〉そのうち北八も下駄をみつけてなるほどとはいて入り、下駄をがたがたやってるうちに、ついに釜の底を踏み抜いて湯は流れてシュウシュウ、亭主は大立腹、弥次が中へ入って詫《わ》び、釜の修繕代南鐐《なんりょう》一片というから、かなりの出費。南鐐が八枚で小判一両になる。物の本では東海道の旅は五両もあればよかったというから、その八分の一両を失うというのは痛い。さすがの北八

も「大きにふさぎいる」。その上、宿の女にさっさと弥次が約束して、もう先にげんなま
も渡してある、などとはしゃぐから一層北八は腐る。弥次のいない間に、北八、女にいう
よう、コレあねさん、内緒だがあの男はおえねえ瘡《かさ》かきだから感染《うつ》らぬようにしなせえ、
おめえが気の毒だからいって聞かすが、足は年中雁瘡《がんがさ》で、何のことはねえ、乞食《こじき》坊主の菅《すげ》
笠《がさ》を見るように所々に油紙が貼ってある、それに又あの男の腋臭《わきが》の臭さ、そのくせひつっ
こい男で、かじりついたら放しゃしねえ……。もとより嘘だが女は肝を潰《つぶ》して逃げてしま
う。
そうとは知らぬ弥次、今か今かと待ちこがれ、たまりかねて手を叩《たた》くとおかみが来て、
お呼びなさいましたかという。いやおめえでは分るめえ、さっきここの女中にちっと頼ん
だことがあるから寄越してくんねえ。ハイあの女は臨時雇いの者でございますからもう帰
りました。

弥次はさっきのげんなまをただふんだくられたわけ、「哀れなるかな弥次郎兵衛、北八
が奸計とはつゆ知らず、二百恋しやうらめしの飯盛女か無洒落《ぶじゃれ》かあたら夜を、是非なくこ
ろりとつつぷしければ」北八おかしくて、これでおあいこだァ。――こういうところまで
はさすがに子供向け『膝栗毛』には書かれない。

ところでここ小田原には太閤《たいこう》の一夜城というもののあとが残っている。秀吉は北条氏の

守る小田原城を攻めるのに、城を見おろす笠懸山《かさかけやま》に一夜城を築いた。小田原城から見えないように木隠れに工事を進め、一夜のうちに山の木々を切り倒させたので、忽然《こつぜん》と新城が出現したように見えたのだという。夜明けになって小田原城から仰ぎ見た将士は大いに動揺したと、「史跡石垣山」の説明板には書いてある。石垣を築いたので、笠懸山はのちに石垣山《いしがきやま》と呼ばれたと。

車でゆけるというので登ってもらう。蜜柑《みかん》畑に埋もれた細い道を幾曲りして登りゆくうち、いよいよ山は深くなり、人っ子一人いない。こういうところは昼日中でも私一人では怖くて登れなかったろう。山中を一人、リュックを背負って旅していた若い女性が殺された事件も耳新しい時ではあったし。いさましい妖子といえども、こういう深山は危《やば》いだろう。

〈さあ、どうでしょう〉

と懐疑的なのはひい子。

〈あの事件の犯人は、近道を教えるとかいって甘言で近付いたんですよ、妖子さんならそんなおためごかしに乗らないで、きっぱりはねつけてるでしょう〉

〈いいえ、はねつけたりしませんっ〉

と涼しい顔で妖子はいい放つ。

〈私が甘言でたぶらかして男に背負わせますっ。悪いけどこのまま峠を越えてよっ、そこらで自動販売機でもみつけたら缶ビール奢《おご》るからさ、とかいっちゃってっ〉

みんな笑ったが、タクシーの前の席に乗ってる亀さんが、一拍おくれて、一人うなずき、

〈ぐ、き、き、き……〉

と笑ったのが印象的だった。

突如視界がひらけ、平坦な高みへ出た。蜜柑の木の繁みの向うに相模灘《なだ》がみえる。石垣城の石垣がなだらかに天頂に向って延びていたが、それは青い草むらに掩《おお》われ、石組みはしどけなく弛《ゆる》んで、今にも崩れそうだった。この城は小田原城を陥《おと》すためにのみ急造された城なので、あとは打ちすてられたらしい。やがては石垣も風雨に朽ち、跡形もなくなるのではなかろうか、相模灘は紺瑠璃《こんるり》色《いろ》で、美しいったらなかった。もちろん弥次・北はここへは寄っていない。

3

さあ、急いで弥次さん北さんのあとを追っかけて箱根の山を越えなければいけない。

昔は——というか、平安時代はもっと北の足柄《あしがら》峠を越えたらしい。『更級《さらしな》日記』に「ま

いて山の中の恐ろしげなること、言はむ方なし。雲は足の下に踏まる」とある。この足柄越えについては「古典の旅シリーズ『更級日記』」に杉本苑子《すぎもとそのこ》さんが詳述していられる。

近世は南の箱根路が東海道となった。箱根には温泉道《みち》があるが、それを通らず急坂を取る。箱根八里というが、ほぼ中間の箱根宿《じゅく》まで上り坂、その先は下り坂で、下りのほうが人馬ともに難渋したという。駄賃も人足賃銀も下りのほうが高い。つまり登り下りとも難路なのだ。

現代はタクシーで楽々と登ってゆくことができるが、昔は峻険《しゅんけん》な坂道で、〝樫《かし》の木の坂をこゆればくるしくて　どんぐりほどの涙こぼるる〟とよまれたぐらい。爪先《つまさき》あがりの、しかもごろごろ石の多い道、広重の「行書東海道」箱根図は、山駕籠《やまかご》をかつぐ人足の足もとに大小の石がごろごろしている。

幕末の日本へ来たドイツ人医師、シーボルトの『江戸参府紀行』（文政九年《一八二六》の旅）にも「石敷の如くなる山路の巌石は、人馬の通常穿《は》く草鞋《わらじ》によりて甚《いた》く研《みが》かれたるが故に、駄馬の歩みは頗《すこぶ》る難渋なり」とある。これは京都《きょうと》から江戸への旅で、三島《みしま》から小田原へ出たのであるが、「左には険しき山々聳え、冷き源泉は巌塊《がんかい》の間より噴き出で、深きに落ちて、さわ〳〵と鳴る谷川となる」など、今なおこの通りである。「箱根八里」（作詞・鳥居忱《とりいまこと》、作曲・滝廉太郎《たきれんたろう》）という歌は戦前の学生には親しまれたものだが、いまはワープロにも出てこない漢字や熟語の羅列になった。しかし、頼山陽《らいさんよう》好みの颯爽《さっそう》たる壮丁《そうてい》のイメージがあってなかなかいい。私などはいまもあたまの奥にそのメロディが鳴りひびく。

♪♪ 箱根の山は天下の嶮《けん》／函谷関《かんこくかん》も物ならず／万丈《ばんじょう》の山　千仞《せんじん》の谷／前にそびえ後えに支《さそ》う／雲は山をめぐり霧は谷をとざす／昼なお暗き杉の並木／羊腸《ようちょう》の小径《しょうけい》は苔滑《こけなめ》らか／一夫《いっぷ》関《かん》に当るや万夫《ばんぷ》も開くなし／天下に旅する剛毅《ごうき》のもののふ／大刀腰《だいとう》に足駄《あしだ》がけ／八里《しり》の岩根踏みならす／かくこそありしか往時のもののふ……

その、「昼なお暗き杉の並木」は現在もところどころ残って「箱根旧街道」として、国の史蹟《しせき》に指定されている。むかしの箱根路は湯本《ゆもと》の三枚橋《さんまいばし》から須雲《すくも》川に沿い、畑宿《はたじゅく》を通り、二子山《ふたごやま》の南を経て元箱根《もとはこね》に至る。その湯本から一キロばかり、旧街道の石畳の道がまだ見られる。両側は鬱蒼《うっそう》と繁る杉の巨木、石畳といっても凹凸の多い道、道の彼方《かなた》は殆《ほと》んど日が入らないので仄暗《ほのぐら》く闇に消えている。石畳道になったのは延宝八年（一六八〇）だったというが、それまでは雨や雪のときなど膝《ひざ》まで没するぬかるみでどうしようもなかったという。しばらく歩いてみると、杉の芳香がたちこめ、参覲《さんきん》交代の大名行列も多いので、一気に空気は冷えびえして足元も暗かった。

弥次・北は湯本の宿《しゅく》で名物のろくろ細工（挽《ひき》もの）を買っている。売り子の娘が自分に気があるとうぬぼれた弥次、三百文の煙草入れを四百文で買ってしまう。

いまも畑宿では名物の箱根細工を売っている。いろんな種類の板材をはり合せ、幾何学的な柄を描き出し、箱や盆を作ったもの、現代は接着剤が開発されたので、技術も飛躍的に進歩したということだ。寄木細工の箱は木の手触りがいいので昔から私は好きだった。子供の頃から箱根の土産によくもらった。シーボルトもここで細工物を見ている。そうしてそれが甚だ精巧で、日本人の趣味のよさを表わしていることを認めている。私もベージュを基調にした寄木細工の手箱を一つ、それに挽きもののブレスレットを買った。

箱根越えの嶮路《けんろ》にあえぐ旅人たちは、この畑宿で一服し、土産ものなどを買い、やおらまた気を取り直して出発する。ここから、お関所のある芦《あし》ノ湖畔《こはん》の箱根の宿《しゅく》まで、また更に嶮なる登り坂一里八丁、その間、人家はないのである。いやもう膝栗毛はたいへんな旅だ。

享和元年（一八〇一）公用で大坂へ出張した幕臣、大田直次郎《おおたなおじろう》は、旅の手記を『改元紀行《かいげんきこう》』としてまとめている。彼は謹直な能吏ではあるが、一面、当代切っての文化人で、南畝《なんぽ》、四方赤良《よものあから》、蜀山人《しょくさんじん》、寝惚《ねぼけ》先生、山手馬鹿人《やまのてのばかひと》などの別号をもつ、狂歌師、草双紙作者、エッセイストであったことは周知の通り。

公用の旅は宿場で人足や馬の手配など、欠けることなきサービスは受けられるものの、一方ではかたくるしい規則にきめられているから旅程にも制約があり、途中寄り道をして遊山するなどという自由は利かない。かなりの強行軍になるが、それでも南畝も湯本の立場《たてば》で、ろくろ作りの挽き物細工、玩具《おもちゃ》などを孫のみやげに二つ三つ買った。この南畝、高級役人とて駕籠に乗っているが、右は山、左は谷川という嶮《けわ》しい坂を登るうち、畑宿に着く頃には、駕籠かきも従者もくたびれはてたのでここの茶店で食事をし、酒を飲んだという。「欄干によりてみれば、上に千重の山そびえ、下は不測の谷にのぞむ」この時南畝は五十三歳である。

畑宿の本陣だった茗荷屋《みょうがや》は、いまはありし昔のよすがに、埋れかけた庭園を残すのみ。更にゆくと、畑宿と箱根宿の中ほどに甘酒屋がある。箱根八里の間、甘酒屋は十三軒あって旅人の疲れを癒《い》やしたというが、いまは一ヵ所だけ。緋毛氈《ひもうせん》を敷いた床机を表に据え、「甘酒」の旗を街道の風に翻《ひるがえ》し、昔ながらの店構え。床机に腰かけて、うすら甘い甘酒をすすっていると、ほんとに膝栗毛で山越えをしている気になる。

弥次・北も甘酒を飲んで更にゆくうち、向うからくる四、五人連れの女たちに出あう。これはお江戸入りする御殿女中たちとみえ、空《から》駕籠を伴《とも》にして歩くのを楽しむ風情、お大名の邸《やしき》に仕える女たちとて身なりも化粧も美しい、それが「騒ぎ連れてくる」というのだから、さぞ花やかな見ものだろう。北八、〈ナント弥次さん、つかねえこったが、白い手《て》拭《ぬぐい》をかぶると顔の色が白くなって、とんだ粋《いき》な男にみえるということだが、ほんとうかの〉弥次がその通りというと北八はよしよしとばかり、袂《たもと》からさらしの手拭を出して、ぐっと頬被《ほおかぶ》りすると、通りすがりの御殿女中たち、北八の顔を覗《のぞ》いて、みなくすくす笑いを洩らす。

北〈ナントどうだ、今の女どもがおいらが顔をみて嬉しそうに笑っていったは。どうでも色男は違ったもんだ〉弥〈笑ったはずだ、手前《てめえ》の手拭を見や。木綿真田《さなだ》の紐がさがっていらァ〉〈ヤァヤァ、こりゃ手拭じゃァねえ、越中ふんどしであった〉〈手前《てめえ》ゆうべ、風呂へ入るとき、褌《ふんどし》を袂《たもと》へ入れてそれなりに忘れたはおかしい。大方今朝、手水《ちょうず》を使って顔もそれで拭いたろう。汚ねえ男だ〉〈そうよ、道理こそ悪《わる》臭い手拭だと思った〉〈ナニ全体手前《ぜんてえてめえ》があたじけねえ（けちだ）からこんな恥をかくは。木綿を緊めるから手拭と取り違えるは。コレ、おいらァ見やれ、いつでも絹の褌だ〉〈それだとって屋根屋が長《なが》局《つぼね》（江戸城大奥）の葺《ふ》きかえに行きゃしめえし、絹を緊めることもねえす。エエままよ、旅の恥はかきすてだ。こうもあろうか〉

手拭と思ふてかぶる褌は

さてこそ恥をさらしなりけり〉

何だ、こりゃというような低次元のおかしみだが、褌や赤はだかに日常慣れ、拒否反応のない江戸人士は、男も女もここで笑っていたのだろう。現代では裸に褌という姿、天下御免で許されるのは大相撲と神社の祭礼だけであるが、江戸ではごく一般日常の姿である。ことに街道筋の雲助などは年中、裸であったと。そういえば、箱根は雲助が名物といっていい。

雲助といえば悪いイメージがあるが、つまりは自由営業の労務提供者である。人足や馬は各宿場に備えられているものの、それを利用できるのは公用旅行者か武家が最優先、庶民のためには自由労働者が、駕籠をかき、馬を引き、荷物をかついだりして旅行者の便宜をはかる。中には相手を見て山中で高賃金を吹っかけるという悪徳雲助もいたろうが、しかしこの連中がいなければ、人馬の往来も物資の輸送もままならないのだ。

弥次・北が山中《やまなか》の立場《たてば》（ここからは三島へ二里）の茶屋で休んで一息入れていると、この庭のへっつい（かまど）の前で雲助たちが休んでいる、その風躰《ふうてい》はとみれば、蒲団《ふとん》を体に巻いた奴《の》、渋紙を着た奴《の》、あるいは寝茣蓙《ねござ》、赤合羽《あかがっぱ》を着た奴《の》などが、集まって火に当っている。裸虫といわれる雲助たちも、動けばともかく、じっとしていると寒いらしい。

中に酒ごもを着ている奴《の》がいて、それを見た一人が〈この野郎がお洒落《しゃらく》を見ろえ。しっかり紋付を着やがった〉。酒ごもを着た雲助、〈昨日《きんにょう》、小田原の甲州屋《こうしゅうや》で、やらやっと一枚もらって着たが、あんまり裾《すそ》が長くて、お医者さまのようだとけつかる〉

何も着ていない丸はだかの雲助もいて、〈野郎めらァ工面《くめん》がいいから好きなものを着やァがる。おらァ此中《こんじゅう》うちから裸でいりゃァ、がら吉婆《ばば》ァがぬかすにゃァ、古傘《ふるからかさ》をやろうから、ひっぺがして着ろとけつかる。べらぼうめ、野郎の猪《しし》じゃァあんめえし、そんなもんが着られるもんかといったら、すんならこりょヲ着ろとって、良《よ》い莚《むしろ》を一枚、うっくれたと思え。その莚を昨日《きんにょう》の晩げに、畑《はた》の立場《たてば》で湯に突っ入《ぱい》るとって、ひん脱いでおいたら、聞きやれ、大事の着物を、すっぱり馬に食われてしまったァ。いまいましい〉

弥次・北、「大きに興に入」って話を聞く。

この雲助ではおかしい話があって（これは『駿国雑志《すんこくざつし》』という書物に載っているよしだが、私はこの本は未見なので、『分間延絵図《ぶんけんのべえず》』に紹介されているままを書く）、駿府《すんぷ》の本陣、難波屋仁左衛門なる人がある年の冬、用あって江戸に赴くことになり、大雪の中、箱根の雲助を雇って峠を越えた。難波屋は彼らの労をねぎらうつもりで、持参してきた酒や煮しめの肴《さかな》、焼飯などを、惜しいけれども少しやろうと誇り顔にさし出した。雲助たちは食べ終ったあとで、旦那《だんな》はこんな粗食でご馳走《ちそう》としているのか、おれたちはこんなものを食っていたんでは体が保《も》たない、あくまで酒を飲み、昼夜美食し、厳冬にはしばしば鮮魚・鳥獣の肉を食うので寒気にも冒されない、これが他の雲助と違う所だといった。折しも小田原の駕籠かきが向うからきたのを指して、彼らは貧乏して美食ができないから精気がない、見なされ、肘《ひじ》に雪が積っている、おれたちの頭や肘に雪が積らないのは、精気が全身に満ちてるからだ、粗食では体が保ちませんや、といったので、難波屋はたいそう、恥かしい思いをしたそうである。箱根山中には猪も兎もいたろうし、彼らはしっかり、旨《うま》いものを食らっていたに違いないのだ。

4

ついでに話が横みちにそれるけれども、この江戸に於《おい》て、下層社会、ならびに一般市民のかなりの人々が裸でいたという風俗は、当時の人にはあたりまえのことであったろうが、幕末に日本へ来た外国人たちには奇異に映ったらしい。彼らはしばしば、それについて書きとめている。

慶応元年（一八六五）日本へ渡航してきたシュリーマン（古代遺跡発掘家）は、小舟で漕ぎ寄る人足たち（はじめて目にする日本人である）を見て、

「彼らの服装はといえば、一本の非常に幅の狭い下帯を付けていたにすぎない。それは彼らに着物を着る意志がまったくないことを示すものであった。しかし彼らの全身には、首から膝にかけて赤や青の彩色で、竜、虎、獅子あるいは男女の神々の絵像が入れ墨されているのであった」（『シュリーマン日本中国旅行記』藤川徹《ふじかわとおる》氏訳　雄松堂書店刊）

しかしシュリーマンは、裸虫の人足に軽侮や憐《あわれ》みの感情は持たない。それどころか、埠《ふ》頭《とう》へ案内した彼らが、その労働の報酬として四本の指を挙げ「テンポー」と叫び、四天保《てんぽう》銭《せん》（十三スー）を支払ってほしいとシュリーマンに要求したとき、氏は驚倒する。それは全く妥当な値段で、中国で経験したように非常識な高値を吹っかけられなかったからである。ついでにいうと、税関でも氏を驚かせたことがある。

「口許に微笑を浮かべた二名の税関吏は（田辺註《ちゅう》　もちろんこの二人は丁髷《ちょんまげ》の武士である）ほとんど土に頭が届かんばかりに頭を下げ、三十秒ほどその姿勢をつづけて、わたしに『今日は』Ohaioと言い、それから取り調べにかかった。彼らは荷物を調べるために、わたしにそれを開けるよう指示した。それは大変な作業だったので、わたしは彼らにそれぞれ一分（二フラン半）ずつを差し出した。しかし、驚いたことには彼らは、胸に手をあてながら『日本息子』（日本男児）と言って、その金銭の受け取りを拒否した。それは、心付けによって義務を怠るということは、日本人にとっては人間としての尊厳性を貶《おと》しめるものとしてみなされていることを意味しているのだろう。そこで、わたしは大型の旅行鞄を自分で開けなければならなかった。だが彼らは、わたしを困惑させるどころか、上辺だけの検閲で満足した。そのうえ、非常に好意的な親切きわまりない言葉で応待した。そして再び、わたしに深い敬意を表わしながら、『さようなら』Sainara と言った」

——この「日本息子」が泣かせる。無名の下役人のサムライが取った態度は、未開の野蛮国かもしれないと思ってやってきた異邦人を深く感動させたのだ。私たちはこういうのを知ると、こそばゆいながら、ちょっと誇らしくも嬉《うれ》しくもある。

ところがシュリーマン氏を困惑させたのは、こんなにもプライドにみちた志操高潔なる日本人が、混浴の風習を有していることである。どの公衆浴場でも「夜明けから夜更けまで、二つの性がまさしく禁断の実を食べる以前のアダムとイヴそのままの姿をしたあらゆる年齢の者たちで、入り混じりあっているのである。それぞれ、桶の中にお湯を汲み、体中を丹念に洗う。そして、着物をきて、そこからまた出てゆくのである」

シュリーマンは「何と聖なる単純さだろうか！」と叫ばずにはいられない。

「日本語文法における男性、女性および中性の区別を説明するための類概念の欠如は、ここではまさしく日常生活の中で実践されているかのようである」（田辺註　この本はフランス語で書かれている）

もっとシュリーマンをたまげさせたことがある。彼が一軒の浴場の前を初めて通ったとき、そこに素っ裸の三、四十人の男女を見た。浴場の入口の「街路側はすべて完全に開放されている」のである。その前を通りかかったとき、異人を見ようとしてか、あるいは、彼の腕時計の鎖に吊《つ》り下げられていた風変りな形の赤い珊瑚《さんご》の大きな塊を、もっと近くで観察しようとしてか、「好奇心にかりたてられた彼らは、何とその浴場から飛び出してきたのである。嗚呼《ああ》、何という聖なる単純さだろうか！」

しかし彼は仰天しながらも冷静でかつ柔軟性に富んだ洞察力で以《もっ》て、日本の習性を理解しようとする。

「それは少しも世の批判を恐れるものではない。しかも、決していかなる月並な『礼儀作法によっても酷評されるものではない。着物を付けていないことへのいかなる羞恥心をも、彼らは持ちあわせていないのである」

江戸幕府のお傭《やと》い外国人であった科学者パンペリーは文久二年（一八六二）に来日し、のちに『パンペリー日本踏査紀行』（伊藤尚武氏訳　刊行同前）を書いた。彼もその中で、公衆浴場に興味をもってしるしている。

（公衆浴場は）「他の何にもまして目を惹《ひ》くこの国の施設である。そこには『男湯』、『女湯』と記した入口がある。ところがこの仕切りは敷居を越えると終っていて、中に入るとすぐに男、女、子供たちがお互いにごしごし洗っているのが見られる。彼らは冷い水と熱い湯をかぶるのを愉しみながら、声高なお喋りと笑いとで、室内をまったく騒々しいものにしている。この習慣はヨーロッパ人にはショッキングなものに思われるが、日本人の謙虚さや礼儀正しさとは完全に両立するものとみえる。明らかに貞淑な日本の貴婦人がそうすることに何の差し障りも認めない」

パンペリーは蝦夷《えぞ》の鉱山にいるとき、仲間の役人と入浴に出かけた。すると鉱山頭《がしら》の妻が家族と入浴していた。パンペリーが引返す間もなく、「夫人は風呂から上ってきた。彼女は上品に風呂に入るよう勧めながら、皆が入るには狭いので、自分は子供たちと別の浴室にゆくつもりだと告げた。いっさいが奥床しく運ばれ、彼女の方にはいささかの困惑もなかったため、わたしは礼節に関する先入観に対して、どちらの方向から次のショックがくるかがわからなくなり始めた」。パンペリーは「思い邪《よこしま》なる者に災《わざわい》あれ」という言葉をあたまに思い浮べていた。——日本の「採鉱冶金《やきん》学に近代化の鍬《くわ》入れを行っ」てくれたお傭い外国人学者のパンペリーはこのとき二十四歳、若く多感な異邦人の目に映った日本の異様な風習は、しかし彼にとっては嫌厭《けんえん》や侮蔑《ぶべつ》をもたらすものではなかったのである。……これはヴァチカンの彫刻陳列室と同じなのだ——とパンペリーはひとりうなずく。「思い邪なる者に災あれ」“Honi soit qui mal y pense”……

私たちは式亭三馬の『浮世風呂《うきよぶろ》』などを読むと、男湯女湯の区別が守られているので、それを当然と思うが、たびたび混浴禁止令が出されているところをみると、民間では右のように混浴はかなり普遍的な風習であったのかもしれない。少なくとも男女両性が裸を見せ合うことに、当時の日本人は抵抗感も羞恥心《しゅうちしん》もかくべつなかったのだろうと、思わずにはいられない。

——そこで私の言いたいのは、つまりこういう精神風土のなかで『膝栗毛』は書かれ、その猥雑《わいざつ》さが笑い迎えられていたのだ、ということである。はだか、ふんどし、ふんどしを誤って手拭に使うこと、飯盛女《おじゃれ》を買うこと、すべてすべて、日常の次元にすぎないのだ。『膝栗毛』を愛読する女性は現代では殆《ほと》んどいないだろうが、当時の庶民の婦女子は男子と同様に喜んで読んだのであろう。芝居や読みもの、つまり娯楽を享受することについては庶民に性差意識はなかったようだ。もっともこれについてはパンペリーは批判的で、「血と殺人」が盛り沢山の「低俗そのものの場面が少なくない」芝居や、「しばしば猥褻《わいせつ》に近いよう」な「木版挿絵入りの軽い読物」を「堅気の婦女子」が娯《たの》しむのに当惑している。上流階級の家族はこういうものに近付かない、と日本人に教えられたが、「それでもなお、われわれにあっては、女性の純潔に対する擁護と同じく必要と見なしている道徳的高尚さの欠落が、女性全般にゆきわたっていることは疑いない」

——明治以後、キリスト教的道徳観が日本に行なわれるようになってから、「生々たる猥雑」の輝やける栄光はすっかり貶《おと》しめられてしまったが、それまでの日本人は実に大らかなものだったのだ。むかしの旧制高等女学校の純潔教育を受けた女（私のことだ）にゃ、とても読めない『膝栗毛』だが、いまこのトシになって、あらゆる軛《くびき》を、

（なにぬかしとんねん）

という気ではずしてみると、また、『膝栗毛』もちがう色合いで顕《た》ってこようというものだ。

——おやおや、横みちにそれている間に、弥次・北はもう、箱根のお関所で取調べの順番まちをしている。

芦ノ湖《あしのこ》を前に箱根の関所がある。いま関所趾《あと》は美しく復原され、何台もの観光バスが停車して、観光客を呑吐《どんと》している。

ここで道中手形（身元証明書）をお役人に提出しなければいけないが、入鉄砲に出女といって、鉄砲が江戸へ入るのと、女が江戸から出てゆくのはきびしいお詮議《せんぎ》があったといわれるのは周知の通り。鉄砲が入るのは騒乱防止の用心、女が出てゆくのは、人質として江戸の藩邸にいるはずの大名の妻子が国もとへ逃れるのを咎《とが》めるため、といわれているものの、最近の研究では、ここで入鉄砲の改めはなかったらしい。

弥次・北は男だからお咎めもなく通行をゆるされ（上方へ上《のぼ》る女たちは「人見女《ひとみめ》」にきびしくボディチェックをされる。江戸へ下《くだ》る女はお咎めなしである）、ホッとして箱根の宿で祝い酒、

春風の手形をあけて君が代の
　戸ざさぬ関をこゆるめでたさ

弥次さんたちはそこから三島へ下って泊るのだが、私たちは山のホテルで泊った。一夜明ければ快晴で、ホテルの窓からみれば樹海の彼方に初冠雪の富士山《ふじさん》が夢のように浮かび、上方者《かみがたもの》の私は思わず嘆声をあげてしまう。

せっかく箱根へ来たからには、箱根神社へもお詣《まい》りせねば。弥次さんたちはさっさと三島へ下りて、例によって寺社旧蹟《きゅうせき》には目もくれないが、芦ノ湖のほとりに鎮座ます箱根権現《ごんげん》、古い箱根の山の神様である。濃緑の山中に、朱塗の神殿、室町時代の『東国紀行』に

「権現垂迹《すいじゃく》のもとゐ、けだかくたふとし。朱楼紫殿《しゅろうしでん》の雲にかさなれる粧《よそほ》ひ、唐家驪山宮《とうかりざんきゅう》かとおどろかれ、巌室石龕《がんしっせきがん》の波にのぞめるかげ、銭塘《せんたう》の水心寺ともいひつべし」

とある通り。もっとも秀吉の小田原攻めにここも兵火にかかったが、のち、家康《いえやす》が再建している（いまのたてものは昭和十一年の造営らしい）。

老杉に包まれる朱塗の社殿は神々しくも美しいが、このあたりはやはり鎌倉武士のお膝《ひざ》元《もと》というべく、源《みなもとの》頼朝《よりとも》・実朝《さねとも》のゆかりやら元寇《げんこう》のときの大祈禱《きとう》護摩《ごま》の遺品やら、曾我兄弟の縁やらで、かなり武張った雰囲気のお社である。

ここのご祭神は、瓊瓊杵尊《ににぎのみこと》と彦火火出見尊《ひこほほでみのみこと》、それに木花咲耶姫命《このはなさくやびめのみこと》、歴代の鎌倉将軍の参《さん》詣《けい》もしばしばあって、実朝は、「箱根路をわが越えくれば伊豆の海や　沖の小島に波のよる見ゆ」と詠んでいる。

神社の杉並木の参道は高い石段で、それを下れば一足ごとに青い芦ノ湖の水面が目に近く高まってくるのも面白く、この湖畔の神社は私の好もしいものの一つ。

弥次・北はというと、早くも三島の宿《しゅく》へ着いて草鞋《わらじ》をぬいでいるが、これが三人連れで、しかも北八は異《い》な藁苞《わらづと》を提げている。

道中、あとになり先になり、連れになった男がやはり江戸者で、乙《おつ》な洒落《しゃれ》をいって面白い。〈なんとお前《めえ》、今宵《こよい》わっちらと一緒に泊りはどうだ〉と北八が誘えばその男も〈ようござりやしょう〉と三人連れになったわけ。藁苞は道々で子供が泥亀《すっぽん》を捉《とら》えて遊んでいたのを小銭で買い取り、晩に宿屋で料理させて、一ぱい飲《や》ろうという算段。——ところが三島へ着いてみれば、ここは三島女郎衆と歌にも歌われた宿、弥次・北がおとなしく独り寝するはずもなく、木曾の追分《おいわけ》から来たという野趣満溢《まんいつ》の飯盛女《おじゃれ》をそれぞれ敵娼《あいかた》にして、巫《ふ》山《ざん》の夢をむすぶ。ところが夜中に泥亀が匍《は》い出しごそついて、弥次の指へ食いつく。行灯《あんどん》の火も消え、真っ暗闇、〈きゃっ、いてててて〉と大さわぎ、手水鉢《ちょうずばち》に指ごとつけて、やっと泥亀は離れたが、このさわぎに連れの男は弥次の金を持って逃げた。道中する旅人の懐をねらう胡麻《ごま》の灰《はい》だったのだ。いきりたつ弥次、亭主を相手に罵《のの》しってみてもらち明かず、〈これがわしどもが家《うち》へござっての相宿《あいやど》ならば、おっしゃるももっともだが、何をいうも、一緒にござったものを、申さばお前たちの御麁相《ごそそう》というもんだ〉と亭主にいわれれば是非もない。北八、〈違《ちげ》えなしさ、コレ弥次さん、お前《めえ》、力んでもはじまらねえ、どうもしようことがねえわさ〉——たちまち一文なし、二人の路銀を弥次があずかって持っていたようである。使い残りの小銭をあつめてようよう宿賃を払い、府中までいけば弥次の身内もいることとなり、算段のあてもあると、昨日にかわる今日の身の上、「しやれもむだもどこへやら、ただうか〳〵と」歩き、弥次は年甲斐もなくしょげかえって、しょんぼりと、〈北や、おらァもう坊主にでもなりたい〉〈お前《めえ》、とんだことをいう〉〈いっそ江戸へ帰《けえ》ろうか〉〈ナニサ帰《けえ》ることがあるもんだ、柄杓《ひしゃく》をふってもお伊勢さままで行って来にゃァ外《げえ》聞《ぶん》が悪《わり》い〉——抜けまいりの無銭旅行は柄杓で、道中喜捨を受けるからである。あわれにも二人、空腹でよろよろしつつ、次の宿、沼津《ぬまづ》へ。――『膝栗毛』はガイドブックであり、旅行用心集、〝正しい旅行のしかた〟案内でもあったようだ。ご注意ご注意とばかり、おぼこな人たちの社会勉強になったことだろう。

# 富士を右手に

## 1

三島大社はいつからここに祀《まつ》られるともなくあがめ祀られてきた、古い由緒あるお宮である。祭神は大山祇命《おおやまつみのみこと》、事代主命《ことしろぬしのみこと》の二柱というが、富士火山帯の伊豆《いず》諸島が上代にしばしば噴火し、島ができたりしたのを神異のわざと畏《おそ》れて、司宰神を仰ぎ祀ったのがはじめであろうという。私はここも初めてで、参詣できたのは嬉《うれ》しかった。『分間延絵図《ぶんけんのべえず》』では街道の北にひときわ立派な威容を誇り、「三嶋《みしま》大明神」としるされているが、現在も広大な境内に、すがすがしくも威ある神殿、ここは源頼朝が旗上げのとき祈願をこめて以来、あつく尊崇してきたので、以来、サムライ、武将たちの信仰はひとかたではない。いわばサムライ文化の精神的よりどころのようなお社である。武士が起請文《きしょうもん》を草するときには、北条氏の関東御成敗式目《ごせいばいしきもく》以来、

「総《すべ》て日本国中六十余州大小の神祇、別して伊豆箱根両所権現《ごんげん》、三嶋大明神、八幡大菩薩《だいぼさつ》、天満大自在天神《だいじざいてんじん》、部類眷属《ぶるいけんぞく》、神罰冥罰《しんばつみやうばつ》、おのおの罷《まか》り蒙《かうむ》る可《べ》き者なり、仍《よつ》て起請件《くだん》の如し」

としるすのである。キリスト教文化圏の人々が、聖書に手を置いて誓うように、サムライは三嶋大明神の神威に於《おい》て真実を誓い、公平《フェア》を期したのである。そう思うてお参りしたせいか、簡素な中にも男らしいお社である。

ここには樹齢千二百年といわれる金木犀《きんもくせい》があり、何ともみごとな大木だ。花をつけたらさぞ境内中、匂うだろう。

頼朝といえば、黄瀬《きせ》川の手前、長沢《ながさわ》の八幡《はちまん》神社に対面石《たいめんせき》というのがある。国道1号線から少し入った小ぢんまりした郷社の奥に、ちょうど頃合いの腰掛といった石が二つ、並んでいた。これこそ、「黄瀬川の対面」、頼朝と義経《よしつね》がはじめて会ったとき腰をかけた石だということになっている。

治承四年（一一八〇）十月、源頼朝は平家《へいけ》を富士《ふじ》川に破って黄瀬川のそばに陣を張っていた。そこへ源氏《げんじ》の白旗を立てた若い武者が二十騎ばかり引連れやってくる。これが弟の義経だった。兄の旗上げを聞いて「御力をそへ奉らんため」奥州《おうしゆう》から「夜を日に継ぎては せ参じたり」という。頼朝も「父上のよみがへらせ給へるに会ひまゐらする心地す」と兄弟手を取って泣いた。——この話は『吾妻鏡《あづまかがみ》』にしか載っていないので真偽を疑われているが、戦前の『小学国語読本』には「黄瀬川の対面」として載せられ、私も習ったのをおぼえている。現在は読本の復刻版が刊行されているので、手許《てもと》にあるそれに拠《よ》って紹介した。黄瀬川はいま、大きからぬ川であるが、その名をタクシーの窓からみつけたときは嬉しく、人影もない小さな社の奥に対面石を二つ、見つけたときはなつかしかったのである。お、お、兄弟はここで互《かた》みに手を取って泣いたのかと。

それにしても、『おくの細道』を取材旅行してあるいたとき、いたるところで義経伝説を聞いたが、東海道へ来てもなお、義経の足あとを追うことになる。国民的英雄といえば義経が独走するなあと感じ入らずにはいられない。

お昼なのでせっかく三島へ来たことではあり、名物の鰻《うなぎ》をたべる。上と並があるので、鰻の質によるのかと思ったら、

〈おんなじ、おんなじっ。上は量が多いだけっ〉

と仲居さんに叱咤《しった》され（べつに怒ってるわけではなく、東海地方の人々は威勢がいいのである）、並にしたけど、並にしても量は多くて食べきれない。しかし鰻は美味だった。

弥次・北はあわれにも茶店で休んでも、酒肴《しゅこう》はもとより、餅《もち》を買うこともならず、茶ばかり飲んで出立する。沼津の千本松原《せんぼんまつばら》へ来て、北八がよむ。

この景色見ては休まにやならの坂
　いざ煙草にやせんぼんの松

これを、あとになり先になり連れ立っていた侍が、〈ヒャアでけたでけた。お身たちは江戸の者だな〉と感心する。この侍、さきほどの茶店で酒を頼んでいたが、その注文のしかたがおかしかった。

〈よい酒があらば、チクと出しなさろ〉茶屋の女〈ハイハイ、三十二文のをあげましょうか〉〈今すこし安値なのはなんぼじゃ〉〈二十四文のもおざいます〉〈しからばその二十四文の酒と、三十二文の酒と、等分に割って、一合五勺ばかり出しなさろ〉

というようなケチな西国侍であるが気は悪くなく、北八が我々は胡麻の灰に遭って難渋しているから印伝《いんでん》の巾着《きんちゃく》を買ってくれないかと持ちかけると、百文で買ってくれた。

まだめしもくはず沼津をうちすぎて
　ひもじき原の宿につきたり

食わず飲まずでやっと原《はら》の宿へ着く。さきほどの西国侍の金で二人はやっと蕎麦《そば》にありつき、タダの蕎麦湯をしこたま飲んで、〈大分《でえぶ》心がたしかになった〉という情なさ。

千本松原はまことに美しい松原がつづき、気ものびやかになる。現在、千本浜《せんぼんはま》公園には文学の道というのができていて、若山牧水歌碑《わかやまぼくすいかひ》や井上靖文学碑《いのうえやすしぶんがくひ》があった。牧水はこの地の風光を愛して住みつき、井上靖氏は沼津中学ご出身でいられ、ともに沼津にゆかり深い。

松林からやや離れ「六代《ろくだい》御前」のゆかりの「六代松」の碑《ひ》があった。六代御前は平維盛《たいらのこれもり》の子で、平家正嫡の御曹司である。平家が敗れ、源氏方に捉われたときは十二歳、「みめかたちいつくしく、たをやか」な美少年であった。鎌倉へ引かれる途中処刑されるとあって、「駿河の国千本の松原にもかかり給ふ。ここにて輿《こし》かき据ゑ、敷皮しき、若君をおろしたてまつる」ところがあまりに可憐《かれん》な少年なので、斬り手も刀がおろされない。ためらっているとそこへ文覚《もんがく》上人が馬を飛ばしてかけつけ、〈待て、若君は許されたぞ。鎌倉殿のお許し状はここに〉と叫ぶ。『平家物語』の劇的クライマックスの一つ（ただし六代は二十年後処刑され、その首は千本松原に埋められたと）。千本松原の間を、頼朝の御教《みぎょう》書《しょ》を首にかけ、葦毛《あしげ》の馬で疾駆《しっく》してくる荒法師の文覚がいまも目にみえるようだ。東海道は男が似合う街道だ。

やがて元吉原《もとよしわら》を過ぎ、「此所より富士の山正面に見へて、裾野第一の絶景なり」と『膝栗毛』にあるが、そのかみの吉原《よしわら》の宿、現在富士《ふじ》市へ、新幹線を捨てて入ってみると、たちまち、何ともいえぬ悪臭が町全体を掩《おお》っていて、息もつけない。

ここは日本の製紙業の一大中心地なのだ。富士川の豊富な水量を利用すべく、この地に製紙業が行なわれてから、富士山は煙にかくれ、海は死に、昔の名勝田子《たご》の浦《うら》もおもかげを一変してしまった。

悪臭に悩まされつつ、富士市を車で走りぬける。東海道を西行《さいこう》すると富士山はいつも右手にみえるが、一ヵ所だけ、松並木の間から左手にみえるところがあり、「左富士」と呼ばれて名勝となっている。その辺り現在は工場地帯になっていて富士がみえるどころではない。街道の松一本が辛《かろ》うじて残り、名勝のあとはS化学工業の工場になっていた。

吉原の宿では茶屋女たちが弥次・北をみかけて黄色い声で〈お休みなさいやァせ、酒ゥあがりやァし。米のめしをあがりやァし。こんにゃくと葱《ねぎ》のお吸物もおざりやァす。おやすみなさいやァし〉と叫ぶが、弥次さんらは文なしとて寄ることもできず、乞食《こじき》がどうぞ一文お恵みを、と寄ってくると、北八のいうよう、〈イヤモウ、わっちらァゆうべ胡麻の灰に路用《ろよう》をとられて一文なしだ。どうぞ貰《もら》い溜《た》めがあらば、こっちへ御合力願います〉——乞食があわてて〈そんならあっちへいけ〉と追い払うおかしさ。

吉原宿のまん中はちょうど商店街になっていた。本町《ほんちよう》通りに古い宿の鯛屋があった。

いやまあ、しかし、富士市という名は美しいが、何ともはや、工場の煙突は林立して煤《ばい》煙《えん》で天地晦冥《かいめい》、空気は異臭にみち、暗い気持になる。妖子はタクシー運転手さんに聞く。

〈煙突はみんなで何本ありますかっ〉

〈何本になるかなあ。大昭和《だいしようわ》、本州《ほんしゆう》、十條《じゆうじよう》、王子《おうじ》、ここには二百五、六十の製紙会社があるからなあ。何しろ下はトイレットペーパーから上は一万円札までこの町で作ってるだよ〉

このあたりを取材したのは十月も末だったが、終始、暑かった。東海道というのは暑いところだ。しかも昼と夜の温度差が激しい。

富士川は大きくて水勢も急で、川音も烈しい。このあたりも源平の古戦場である。平維《これ》盛《もり》の軍が水鳥の音に驚いて敗走し、頼朝は不戦勝というわけ、海道一の急流といわれたが、そのおもかげは今もある。昔は渡し舟であるが、今は国道1号線にかかる新富士川橋、烈しいトラックの往来に地震のように揺れていた。

富士川には二・七キロに及ぶ大堤防、雁堤《かりがねづつみ》がある。このあたりにきて、やっと大気は清爽《せいそう》となる。

弥次たちはついで蒲原《かんばら》の宿へ入ったが、この宿の本陣に大名がお泊りとて、台所は供の者の食事にてんてこ舞い。こういうとき北八は若いだけにすばしっこく、弥次に風呂敷包《ふろしきづつ》みを押しつけ、本陣へすっとはいってどさくさまぎれに片隅へ坐《すわ》り、女たちが据える膳《ぜん》の一つを何くわぬ顔して思うさまうちくらう。その上、隙を見て手拭《てぬぐい》をひろげ、「椀《わん》に盛りたる飯を、一ぜんちゃっと打ちあけ」包んでこそこそ出る。待ちくたびれた弥次は〈いや中々、手前《てめえ》、気が利いているわえ。アアうめえうめえ〉と食べたあとで、〈ヤア、これは手拭に包んできたな、エエ汚ねえ〉

その夜は旅籠《はたご》にも泊れず木賃宿である。これは宿泊する者が食料を持ちこみ、それを炊く薪代《まき》を払うから、木賃といったと。入ってみれば四、五畳ぐらいの家で仏壇一つ破れ葛籠《つづら》一つという身代、七十近い爺《じい》さんが宿の亭主で囲炉裏《いろり》のそばに縄ない、自在鉤《じざいかぎ》で吊《つ》した鍋《なべ》には何かぐつぐつ煮えている。婆《ばあ》さんが松の枝をへしおって火をたきつけている。

相客は六部《ろくぶ》（回国巡拝者であるがほとんど物乞《ものご》いの一種である）が一人、巡礼二人。これは六十あまりの親爺《おやじ》に十七、八の娘。弥次らは早や娘に目をつけている。

婆さんが、〈サア粥《かゆ》ができた、食いなさろ〉というが、弥次らの分はない。みな物乞いで貰ってきた米を出し合って炊いているのである。弥次・北は怨《うら》めしく指を咥《くわ》えて見ているばかり、手持無沙汰《てもちぶさた》に煙草入れの底をはたく。

ここで六部も巡礼もそれぞれ滑稽《こっけい》な身上話をして夜が更けたからみな、寝ることになった。婆さんは巡礼の娘をつれて天井で寝るといぅ。男たちは囲炉裏のそばでごろ寝。

「かかる木賃泊りのわびしきも、話の種とはいひながら、凌《しの》ぐべきむしろ屛風も破壁《やれかべ》をもる風の音、いたくも更けゆく鐘に目ざめて、北八あたりを伺ひみれば、皆、旅疲れの掛け合ひ鼾《いびき》ゴウゴウスウスウムニャムニャ、時分はよしと北八、そつと起き上がれども、灯りはなく真つ暗闇、……」

やっと梯子《はしご》をさぐりあて取りついて天井へ上ったが、娘とまちがえて婆《ばば》あをゆすり起してしまい、〈誰だ、何《あに》ょヲする〉と叫ばれ、うろたえて天井の竹の簀子《すのこ》を踏みはずし、下へがらがらどすんと落ちる。それも何と仏壇の中へ落ちこんだのである。爺さんが灯《あか》りをともしてみれば、仏壇から匍《は》い出た北八、

〈モシ身延《みのぶ》様へはどうまいります〉

身延山久遠寺《くおんじ》へはこの辺から分れ道があるが、とっさの機転がおかしい。馬鹿ァいわっしゃいと叱られ、小便に起きてねぼけたの、褌《ふんどし》を鼠にひかれたので二階へさがしにいったの、苦しいいいわけを並べるが、婆さんに、〈わしは六十になり申すが、どこの国にわしなんかのふところにはいる人があるもんか〉とすっぱぬかれ、爺さんも呆《あき》れ返り、〈わし

共は二十年もこっち、そんなじゃらついたことは中絶のゥしていますに、アノ皺《しわ》くちゃな婆ァが床へはいりこむとは〉。北八は一言もない。〈イエもうごめんなせえ、コレ弥次さん、寝たふりをしていずと起きてくんな〉と弥次をゆすり起す。

弥次はおかしさをかくして、〈どうも若《わけ》えものというもなァ、あと先の考《かんげ》えがござりゃせん。どうぞ了簡《りょうけん》してくんなせえ〉

北八は浴衣《ゆかた》を売って金に代え、天井の修繕費少々を出してすましてもらう。

夜あけそうそう、宿を立ち、弥次はからかう。〈北八、大分《でえぶ》ふさぐの。小田原の泊りでは風呂《ふろ》の底を抜いて二朱ふんだくられ、又ゆうべは二階をぶん抜いて三百取られたも知恵が無《ね》えぞ〉〈イヤ面目次第《しでえ》もねえ。いまいましいが一首詠んだ。

巡礼の娘と思ひ　忍びしは
さてこそ高野《かうや》六十の婆々《ばば》〉

2

蒲原には浄瑠璃《じょうるり》姫の墓という石碑《せきひ》がある（蒲原中学校の前）。もっともこれは明治に建てたというけれど……。浄瑠璃姫は三河国矢矧《みかわのくにやはぎ》の宿の長者の娘だが、奥州へ下る牛若丸《うしわかまる》（むろん、のちの義経である）と契り、病む牛若丸を救った。この古物語が「浄瑠璃十二段草子」、それ以来、語りものは浄瑠璃と呼ばれるようになった。ロマンスのヒロイン浄瑠璃姫は十四歳の美少女だったという。奥州へ去った牛若丸を慕ってここまでたどりつき、死んだので、里人が憐《あわれ》んで墓をたてた。塚のしるしに六本の松を植えたというが、いまも伝承に忠実に、六本松はよく手入れされていた。近くには、義経が姫に恋文を書くのに使った清水というのもあり、道路に面して今も「義経硯水《けんすい》」の碑がある。北八の卑陋《ひろう》な夜這《よば》いの話とことかわり、義経のロマンスは街道のあちこちに美しくこぼれて花を咲かせている。

蒲原の本陣跡は現在も由ありげに残っており、ひときわ大きなお邸《やしき》だった。この町並み、ところどころ旧街道の面影があってたのしい。本陣手前、小川に沿うて左折すると、広重の浮世絵「東海道五十三次之内　蒲原」の、有名な「夜之雪」銅版の碑がある。ここは旧街道と国道1号線のちょうどまん中ぐらいの細い道である。

蒲原から一里で由井《ゆい》である。由比正雪《ゆいしょうせつ》はここの紺屋《こうや》の出だったといい、今も「正雪紺屋」という染物屋さんになっている。

弥次たちはそこから薩埵《さった》峠をうちこえ、と簡単に記しているが、ここは山路を上り下りする難路だ。その代り広重の絵にあるように、紺青《こんじょう》の海の向うに富士を望む景勝地だったろう。いま、右手にけわしい崖《がけ》があり、東名《とうめい》高速、国道1号線、JR線が合流する。富士は依然みえず。

弥次さんたちもついていない。峠を越えるが早いか、俄《にわか》に大雨に降られ、半合羽をかぶって笠《かさ》深くかたむけ、有名な田子の浦、清見《きよみ》が関《せき》の風光も見るよしもなく、やっと興津《おきつ》にたどりつく。

ここは清見寺《せいけんじ》という名刹《めいさつ》があり、『五海道中細見記』にも「此《この》寺にて三保の松原を南に見下して風景よろしき所なり」とあるが、雨はしきりに降りしきり、弥次らは洒落《しゃれ》も無駄もいえずとぼとぼと江尻《えじり》（清水《しみず》区のうち）を過ぎる。やっと府中（静岡《しずおか》市）に着いて元気をとり戻す。ここには弥次の知人身内がいる。ここでようやく路銀を調達し、「大きにいさみ出して宿へ帰り」生色をとりもどした不良中年・非行青年の思うことは一緒で、かねて有名な安部川遊廓《ゆうかく》へしけこもうというのである。

府中の宿から二十四、五丁あるという色町へ、二人は馬で早々と出かけてゆく。

私たちは名にし負う興津の清見寺を見にいった。高い石段を登りつめれば慶安四年（一六五一）の建築という山門、「東海名区」の横額がある。立派な伽藍《がらん》で、鐘楼の横に立てば海がみえた。

この清見寺、川柳で有名なのは、寺の前で売る万病に効く膏薬《こうやく》である。売るのは美少年ばかりだった、というのは、つまり男色をひさぐ店であったが、これは元禄《げんろく》ごろのことで、弥次さんたちの頃には、すでにこの風はなかったはず。

江尻（いまの清水港）に入るまでに、すでに特産さくら海老《えび》の看板が見られたが、清水港はまことに大きい港である。ゆけどもゆけども港は続く。漁港でもあり貿易港でもあり、観光港でもある。活気ある港で、しかも清水へくれば自然に唇にこの歌がのぼってくるのはしかたない。ご存じ「旅姿三人男」（作詞・宮本旅人《みやもとたびと》、作曲・鈴木哲夫《すずきてつお》）、つい私たちは合唱してしまう。

♪♪　清水港の　名物は
　お茶の香りと　男伊達
　見たか聞いたか　あの啖呵《たんか》
　粋な小政の　粋な小政の　旅姿

いやあ、清水港だあ。いいなあ。ゆき交う兄さんもいなせにみえる。清水港には、働き人《ど》の中に現代的にバングラデシュ風な出かせぎ人も見られたけれど、おおむね漁船関係の人が多いのか、ゴム長靴に揉《も》み上げの兄さん、きびきびしたのがゴマンと群れていて、快い活気があった。ここの町に清水《しみず》の次郎長《じろちょう》がいたのだから、しぜんと私たちの話題は〈その筋〉の人のことになる。

タクシー運転手さんは、町を走りつつ、ここがやーさんの親分のうちだよ、などと教えてくれる。

〈やーさんは昼間、何をしてるんですか〉

と好奇心満々なのは、個人的動静に興味を発動するひい子。運転手さんは、即《そく》、

〈寝てるのよ、昼は用がねえから〉

この清水港は昔、造船景気のよかったころは大変なものだった、と運転手さんはなつかしむ口ぶりだった。進水式に深夜でも起されていったと。潮の様子で進水するので、真夜中の進水式もあったということだ。いま真夜中に呼ばれるといえば、やーさんの出入りだが、

〈ま、めったにねえけど、うしろで物騒なモノ持ってるときは、いい気はしねえね〉

〈すぐ警察署へつければいいじゃありませんかっ〉

というのは、何ごともきっぱりしたがる妖子。

〈いや、運転手にどうこう、ということはねえな。そんなことしたら目的地に着けねえか

らね〉

〈それはそうだ〉

この町では清水の次郎長の家を見なくちゃ。その名も次郎長通りに「清水次郎長生家」がある。入ると道中合羽に三度笠がかけてあって、壁には乾分《こぶん》の名札が掛かっている。大《おお》政小政《まさこまさ》、森《もり》の石松《いしまつ》や追分《おいわけ》の三五郎《さんごろう》などなど……（中に吉良《きら》の仁吉《にきち》というのがあるのは無論である）。何だか東映《とうえい》映画の中へまぎれこんだような気になる。

写真がたくさんあって、清水次郎長と、その妻、お蝶《ちょう》さん、それに乾分たちの写真もある。大政小政は何となく獄門台に掛かったさらし首のようだが、次郎長はわりに堅気な風《ふう》貌《ぼう》、定年で煙草屋でもはじめたおじさんという趣。

お蝶さんは、これは美人というより、しっかり者の女房という顔。いかにもご一新ごろの内儀の面影。――しかしこの人たちの写真が残っているというところが、幕末らしくて面白い。

私たちはそのことでたのしく意見を交し合った。次郎長はお蝶さんの写真を持ち歩いただろうか？

〈あんがいそうかもしれませんよ、だって現代のサラリーマンも、奥さんや子供さんの写真を定期入れに入れているっていいますもの〉

とひい子。

〈会社のデスク、ガラス板の下なんかに敷いてる人もないとはいえないでしょっ。それどころか、人にその写真を見せまくるのもいるんですよねっ〉

と妖子。なぜか妖子は歯ぎしりする感じで、その鉾先《ほこさき》は、おとなしい亀さんに向けられる。

〈あなたもご家族の写真を持ってあるくんですかっ〉

亀さんは突然、鋭い追及を受けてたじたじとしつつ、しかし正直な青年であるから、つつみ隠しはできなくて、モゴモゴと、

〈え、はー、あのー、はい、まあ、そのー……持ってます〉

〈人に見せるんですかっ〉

〈見せないです〉

〈見せないならなんで持って歩くんですっ〉

〈自分で見ます〉

妖子は聞こえなかったふりをして、大いそぎで話題を変えていた。

市内の梅蔭禅寺《ばいいんぜんじ》には次郎長一家の墓があり、次郎長の銅像もあった。憂国の志士のような面ざし、ご一新後は博奕《ばくち》の足を洗って富士の裾野《すその》の開墾に努力したという。のち清水に

汽船宿〈末廣〉を営んで、清水港へ入港する軍艦の乗組員に人気があったという。広瀬《ひろせ》武《たけ》夫《お》も小《お》笠原長生《がさわらながなり》も次郎長と親交があったそうである。博徒にしては珍しく天寿を全うして、明治二十六年に七十四歳で死ぬ。梅蔭禅寺の「俠客次郎長之墓」という字は、榎本武揚《えのもとたけあき》の揮毫《きごう》だという。次郎長は山岡鉄舟《やまおかてっしゅう》をパトロンに持ったことでも有名だが、よっぽど人に好かれる、気っ風《ぷ》のいい男であったらしい。ご一新後は国のために尽くしたのですよ、それを忘れないで下さいと地元の人にいわれた。今も次郎長親分は地元で敬慕されている。

　墓の周りには柵《さく》がある。これは参詣者《さんけいしゃ》がおまじないに欠いてゆくのを防ぐためだそう。勝負ごとに強くなるお守りにするという。森の石松の墓なんかひどく削られていた。――柵がなければ今に姿を消してしまうかもしれない。

　この近くには草薙《くさなぎ》神社がある（ここから先、見どころも多いのに、例によって弥次さんたちは名所旧蹟《きゅうせき》に目もくれない）。これは日本武尊《やまとたけるのみこと》を祀《まつ》る。日本武尊がご東征のとき賊にかこまれ火を放たれたので、おん叔母、倭姫命《やまとひめのみこと》から頂いた剣をふるって草を薙《な》ぎ払い、火をつけられると、火は逆に賊に向って、尊《みこと》は難をのがれたという。「さねさし相模《さがむ》の小《を》野《ぬ》に燃ゆる火の火中《ほなか》に立ちて問ひし君はも」この剣を草薙の剣《つるぎ》といい、天武《てんむ》天皇のとき熱《あつ》田《た》神宮に奉祀《ほうし》された。このお社も草創《そうそう》はいつの頃か分らないほど古く、森厳蒼古《そうこ》のおもむきあるお宮であった。南畝《なんぽ》もここへは寄っていないらしい。「左に草薙神社の道あり。村の名もまた草薙とよぶ」としるすのみ。道路に面して尊の巨大な銅像があった。妃の弟《きさきおと》橘媛《たちばなひめ》は尊に従っていられたが、相模の海で嵐にあい、海神をなだめようと海へ身を投じられるのである。『古事記』の現代語訳をした私は、やたらこの日本武尊に思い入れが深くなってしまう。尊は七日たって海岸へ流れ着いた媛の櫛《くし》を拾い、墓をつくられた。東征の帰途、足柄山から相模の海をながめ、〈あづまはや〉ああわが妻よ、と仰せられたのが、「あづま」とこのへんの国々を呼ぶいわれになったと、このへんの話も戦前ニンゲンは小学校の国語読本で習う。

ところで清水区内を流れる巴川《ともえ》にかかる稚児橋《ちご》には、かわいい河童《かっぱ》の彫刻がある。旧東海道に面しているが、もとより弥次さんらは知らぬこと。

この町の追分《おいわけ》に追分羊かんの本店があり（元禄八年の創業という）、海道筋、上り下りの旅人に愛されてきたという。赤い垂幕が軒から下っていて、旅人が思わずひとやすみしたくなる店構え。竹の皮包み、仄《ほの》かに甘く素朴な野趣のある羊かんだった。雅致掬《きく》すべき味。

私は辛党ではあるけれど、といって甘いものも嫌いというのではないので、名物はつまんでみる。このへんへ来れば、もう一つ、有名な安倍川餅《あべかわもち》を食べなくては。

南畝の『改元紀行』に、「安倍川のこなたの家に臼《うす》つく音して、たすきかけたるわかき女の餅をねるさまおもしろく、しばらく輿《こし》をとゞむ。新《あらた》なる木具《きのぐ》にもりて来《きた》るは、かのあべ川もちなるべし。味またよろし」という。老舗《しにせ》の「せきべや」さんはお休みで、私は「かごや」さんで安倍川餅をたべた。南畝さんと同じく「味またよろし」この安倍川餅、いまは全国どこにもあるようなものなれど、餅の質のよろしさ、黄粉《きなこ》の香ばしさ。

店のそばに「安倍川義夫《ぎふ》の碑」というのがある。それを読んでみると、昔、安倍川は橋がなく川越人足に渡してもらうのであったが、ある旅人、賃銀が高いとて、着物をぬいでわが足で渡った。そのとき大金入りの財布を落したのである。気付いた人足がいそいで川を渡って追いかけ、渡した。旅人は喜んで礼金を出そうとしたが、人足はどうしても受け取らない。当然のことをしたまでという。旅人は駿府町奉行所に金を渡した。奉行は改めて人足に褒美の金を与え、旅人には金を返してやったという。それは紀州《きしゅう》の漁師で、上総《かずさ》へ出稼ぎにいって、仲間が国もとへ送る金をあつめて持って帰るところだった。……あ、この話、どこかで読んだっけ――と考えて、はたと思い当った。

そうだ、これも昔の小学校の国語読本にあった。どうもお恥かしいことに、私の教養はそのかみの小学校からいくらも出ていない。

## 3

清水は漁港だけあってさすがに魚がおいしい。私たちはすし屋へ入った。水曜なのでやたら休みの店が多く、運転手さんに教えてもらった店がやっと営業していた。町のおいしい店は、タクシー運転手さんに聞くに如《し》かず、である。

ここまでくれば三保《みほ》の松原《まつばら》へ寄らなくては。松原に近い羽衣《はごろも》ホテルに宿を取り、海岸へ出てみると、細かな黒い砂礫《されき》の海岸に、目路のつづく限り松林。樹勢のいい力強い松だ。中でひときわ巨大な、威厳ある枝ぶりの松があり、石の柵がめぐらされ、これが羽衣の松。毎年、秋にこの松を前に能舞台が設けられ、薪能《たきぎのう》が催されるよし、もちろん演目は「羽衣」である。

颯々《さつさつ》の松籟《しょうらい》に波の音、まさにこれ以上の舞台はないであろう。ホテルの若く美しき女主人のお話では、町の人も「羽衣」だけは聞きおぼえ、目も耳も肥えているそうな。

私は三保の松原ははじめてで、海の匂いを心ゆくまで吸いこんで楽しんだ。富士はやはり見えないけれど、目の前の駿河《するが》湾は、水面が高く盛りあがってみえ、夕方の微光がちらちらする。ここは古歌にいう、神秘な有度浜《うどはま》なのだ。東遊歌《あずまあそびうた》の「駿河舞」の舞台である。

「駿河なる有度浜に　打ち寄する浪は　七草《ななくさ》の妹《いも》　ことこそ良し　逢へる時　いざさは寝なむや　七草の妹　ことこそ良し」

葵《あおい》祭の上賀茂《かみがも》神社で、朱《あか》い袖《そで》をひるがえし、この歌が舞われていたっけ。

翌朝早く、海岸を散歩していたら、心あてに思っていたのより、ずっと高いところに、富士がほんの頂きだけだけれども、夢みがちに浮かんでいた。あっとみんなで叫んでしまう。松原は彼方へ遠く渚《なぎさ》をふちどってつづき、その渚には白い波、絵より美しいものがここにある。砂浜が白くはなく、黒い砂礫であるのもあずま風で、さま変っていい。

こういうとき、ムカシ人間の私は思わず昂揚《こうよう》し、唇にはつい、

♪♪　あれ天人が　羽衣の
　　舞いを舞いつつ　のぼりゆく
　　風にたもとが　ひらひらと……

という歌が出てくる。もとよりひい子も妖子もそんな歌は知らない。

〈話は知ってますよ。天人の羽衣を奪《と》った漁師が、返すかわりに天人の舞いを見せてほしいと頼むんでしょう。その漁師はきっと独り者だったんでしょうね〉

と個人的事情にいたく関心あるひい子。

〈羽衣がなくては舞えない、まず返して下さいと天人がいうと、漁師の白竜《はくりよう》は、『いやこの衣を返しなば、舞曲をなさでそのままに、天にや上り給うべき』というんですよっ。それで天人が何て返事したか、ご存じですかっ〉

というのは妖子。えーと、何でしたっけ。

〈『疑いは人間にあり。天に偽りなきものを』と天人はいうんですっ。男は卑しいっ〉

妖子にいわせれば、天人対人間の図式が、いつか天女対男になってるようである。

私たちの無駄ばなしのあいだ亀さんはわき目もふらず、富士を写しつづけていた。そうなのだ、富士は羽衣をまとって天界へ飛翔《ひしよう》する天人のように、早くも姿をかくそうとしている。私がここで乞《こ》われて書いた狂歌、

〈天人に男のいない面白さ　女にいつわり多しといえど〉

――由比の「英君《えいくん》」、清水の「静ごころ」、ここで飲んだ酒で、中々いい。

「駿河路や花橘も茶の匂ひ」というのは芭蕉《ばしよう》の句で、〽唄はちゃっきり節《ぶし》　男は次郎長
……という歌の作詞は北原白秋《きたはらはくしゆう》。

駿河路は秋の終りなのに暑いばかりで蚊が多く、〈一年いるよ、蚊は〉とタクシーの運

転手さんは無造作にいう、蜜柑《みかん》は木がくれにまだ青い。

安部川遊廓へ大はまりの弥次さんたちは、つぶさに二丁町《にちょうまち》（その別名）の様子を観察する。江戸の吉原にくらべ、風俗が鄙《ひな》びて、遊客も股引草鞋《ももひきわらじ》、じんじばしょり（裾《すそ》からげ）したりしていると。遊女の値段、身なり、ものいい、女郎屋の男衆の応待、中々くわしい。これも男性読者への親切なガイドブックというところだろう。隣座敷の客が馴染《なじ》みの女郎を新しい女に乗りかえたというので、女たちによってたかってチメチメされて、髷《まげ》を切るの何のと大さわぎ。色里のならいで、江戸の吉原もこうしたことが行なわれたらしい。見ていた弥次らは興に入り、

〈ちょうど去年の春、一九が中田屋の勝山にしばられたとき、あんなざまであった。恥さらしな〉

一九も実際に吉原で馴染みの女郎を裏切って浮気し、制裁を加えられようとしたことがあったらしく、これは自身の経験であろう、自分で自分を嘲弄《ちょうろう》しているところが戯作者風《げさくしゃぶ》流《り》というもの。

弥次さんたちは安倍川を渡ろうとして、大井川《おおい》と同じく川越し人足を頼む。川会所《かわかいしょ》というところで川札を求め、人足と交渉する。これは水深によって値段がきめられており、〈昨日《きんにょう》の雨で水が高いから一人前六十四文〉

これは千円くらいだという。北八、〈そいつは高い〉〈ハレマア、川をお見なさい〉と人足が川端へ連れてゆく。豪勢な水かさ、二人はしかたなく人足の肩車でそれぞれ渡る。弥次〈コレ、落すめえよ〉〈ナニお前《まい》、サァそっちょをつん向きなさろ〉北八〈アアなんまいだなんまいだ、目が回るようだ〉〈しっかりわしが頭へとっつきなさろ。アアコレ、そんなにわしが目をふさがっしゃるな。向うがみえない〉〈なるほど深いは。コレ落して下さるな〉〈アニ落すもんかえ〉〈それでもひょっと落したらどうする〉〈ハレ落した所がたかがお前《まい》は流れてしまわっしゃる分のことだ〉〈エエ流れてたまるものか〉

やっと向う岸へ着き、酒手《さかて》を十六文ずつ、合計八十文ずつ払って〈ヤレヤレご苦労〉人足は〈ヘイ、これはご機嫌よう〉とまた川を渡って帰るが、見れば川上の浅い方をすたこら。〈アレ弥次さん見ねえ。おいらをば深い所を渡して、六十四文ずつふんだくりやがった〉

安倍川を渡ってしまったが、実は府中（静岡市）には浅間《せんげん》神社があり、これは東海の日《に》光《こう》といわれる絢爛豪華《けんらんごうか》なお社である。徳川幕府が文化元年（一八〇四）から六十年かけてじっくり作りあげたのであるが、東照宮《とうしょうぐう》と同じくこってりと飾り上げられたもので、見ているると目を回しそう。浅間造りという大拝殿、朱と緑に塗りたてられて駿河の空にそびえ、駿河の国惣社《そうじゃ》にしては、威厳があるというよりあでやかだった。

ついでにこのへんで見ておきたいのは私が若いときから心寄せ、一度は見たいと願っていた登呂《とろ》遺跡。東海道線静岡駅から南へ、海岸に向って二キロほどゆくと住宅街となる。そこの小さい川にかかる登呂橋を渡ればもう登呂遺跡である。三方を山に囲まれ、海に面したよい場所に、弥生《やよい》時代の村は作られていたわけである。現在発見された分では戸数十数軒、水田二万坪ほどという。昭和十八年に発見され、二十年代はじめに発掘された。いまはよく整備された遺跡公園になっていて、復原された家や倉庫が幾棟も建てられている。草ぶきの屋根をそのまま地上に伏せたようなもの、それでも中へはいると天井は思ったより高く、夏涼しく冬は暖い感じ、中央に炉が切ってあって、住みやすげだった。――富士はここでもやはり見えなかったが、空気の澄んだ太古は、朝な朝な、富士を仰いで平和に暮していただろう。

私たちはその夜は、静岡市の奥座敷といわれる油山《ゆやま》温泉に泊った。渓流に沿った山の宿で物音は絶えてなく、あたりは真ッ暗、鄙《ひな》びた湯の里だった。

# ふりわけみればちょうど中町

## 1

安倍川を渡れば丸子《まりこ》の宿《しゅく》。とろろ汁《じる》が名物である。「梅若菜《うめわかな》まりこの宿のとろろ汁」―芭蕉の句で知られる。弥次さんらは茶屋へ入ってとろろ汁を注文する。このへんは自然薯《じねんじょ》（山芋）が名産で、風味と粘りがすぐれているといわれる。茶店の亭主は〈じっきにこしらえずに。ちいとまちなさろ〉と、芋《いも》の皮もむかずさっさとすりおろしにかかる。この、〈こしらえず〉というのは静岡方言で、〈こしらえます〉という意味、一九は方言をそれらしく創作することが多いが、元来は府中生まれ、このへんの言葉はくわしいはず（「駿遠《すんえん》両国にて行くといふを行《いか》ずといふは行《いか》んずる也」と凡例に書いている）。

亭主、女房をけわしく呼び立てる。〈お鍋《なべ》ヤノヤノこの忙しいに何《あに》ょゥしている。ちょっくり来い来い〉裏口から小言をいいながらくる女房、髪はおどろのごとくふりかぶり、背中に乳飲み子をせおい、藁草履《わらぞうり》を引きずり、〈今、弥太《やた》ァの所《とこ》のおん婆《ば》ァどんと話をしていたに、やかましい人だァ〉〈アニハイやかましいもんだ。コリャそこへお膳《ぜん》を二膳こしらえろ。エエソレ、前垂《まえだれ》が引きずらァ〉〈お前《まい》、箸《はし》の洗ったのゥ知らずか〉〈アニおれが知るもんか、コリャヤイ、その箸よゥよこせヤァ〉〈これかい〉〈エエ箸で芋が擂《す》られるもんか、擂子木《すりこぎ》のことだは。コリャさてまごつくな、その膳へつけるのじゃァないは。ここへよこせということよ、エエらちのあかない女だ〉擂子木をとってごろごろ擂る亭主に、女房〈ソレお前《まい》、擂子木が逆さまだ〉〈かまうな、おれが事より、うぬがソリャ海苔《のり》が焦げらァ〉〈ヤレヤレやかましい人だ。コノまた餓鬼《がき》ゃァ同なじように吠《ほ》えらァ〉〈コリャ擂鉢をつかまえてくれろ、エエそう持っちゃ擂られないは。おえないひょうたくれめだ〉〈アニこんたがひょうたくれだ〉〈イヤ、このあまァ〉擂子木で、亭主、女房をひとつくらわせ、女房躍起《やっき》となって〈この野郎めは〉擂鉢を取って投げる、とろろがあたりへこぼれる、亭主〈ヒャア、うぬ〉擂子木をふりまわしてかかったが、とろろ汁にすべってどてんと転ぶ、女房〈こんたに負けているもんか〉とつかみかかるがこれもとろろにすべって転倒。向いのかみさんが仲裁にかけてくるが、これもとろろ汁ですてん。——という大さわぎ。

〈こいつははじまらねえ、先へいこうか〉

弥次・北、おかしさをこらえ立ち出《い》で一首、

　けんくわする夫婦は口をとがらして
　　鳶《とんび》とろろにすべりこそすれ

保永堂《ほえいどう》版、「東海道五十三次」の広重の絵は茶店で休む二人づれがとろろ汁をかきこんでいるが、「竪絵《たてえ》東海道」の絵を見ると、道の両側の茶店、すべて「名物とろろ汁」の看板をかけてにぎわしくも楽しい。

私たちも四百年つづくという丁字屋《ちょうじや》さんへ入ってとろろ汁を食べることにする。萱葺《かやぶ》き屋根に、紺《こん》のれんがはためき、入口の床机に緋《ひ》の毛氈《もうせん》、なかへ入れば囲炉裏《いろり》に自在鉤《じざいかぎ》、ほんとに旅人になったような気分で、ヤレヤレ、どっこいしょ、と坐《すわ》りこむ。

お櫃《ひつ》が出てきた。麦めしである。大きいお鉢にたっぷりととろろ汁、これは芋を擂りおろしたのを家伝の白味噌《しろみそ》で味つけたもの。添えられた大きめの丸杓子《まるじゃくし》で好きなだけ麦めしにかけ、薬味の刻み葱《ねぎ》を添えて、すすりこむ。

えっ。

というくらい、美味《おい》しい。更にその味をよくたしかめようとして、またすする。また、

えっ。といってしまう。こんな旨《うま》いはずはない！　というくらい美味。おいしい！　といったら、

〈でも、どうせ、とろろですから〉

と妖子。いやこの、自然薯の味わいはちょっと味わえませんよ。日本にしかない、という自然薯だが、いまは都会では手に入らないし、何より味噌の味つけ具合がたまらなくい い。白石克氏《しらいしつとむ》編の『広重　東海道五十三次』（小学館）によれば、京都のお公卿《くぎょう》、土御門《つちみかど》泰邦《やすくに》は『宝暦十年庚辰《こうしん》正月東行話説』で、丸子宿のとろろ汁をたべて、「唯《ただ》怨むらくは味噌のあしきに鼻も開きがたく……」と書いているそうだが（私はこの書物を実見していないので）少なくとも、私が食べたのは上品でみやびなセンスの味わいだった。このお公卿、どんなものをふだん召し上がっていられたのか、あるいは味の分らぬ御仁か。

この店の入口には、十返舎一九の碑《ひ》あり。

このあたりのお酒は「千寿白拍子《せんじゅしらびょうし》」、——そうそう、そういえば府中から丸子へくるまでに手越《てごし》を車で通ったっけ、手越の長者の娘、千寿《せんじゅ》（千手とも）と、源氏に捉《とら》われて鎌倉へ送られる平重衡《しげひら》のはかない契りの物語がある。鎌倉時代には手越の宿があって遊女がいたらしく、東海道の遊女白拍子は歴史で大活躍、というところである。

丸子の宿を出ていよいよ、宇津《うつ》の山、弥次たちはまたもや雨にたたられ、蔦《つた》の細道心ぼ

そく杖《つえ》をちからに歩む。この先、大井川があるので、早く川越えしたいと心ははやる。西行する旅人はともかく大井川を越えなければ、という気でせかれるのである。
岡部《おかべ》の宿の宿引がやってきて〈大井川はとまりました〉と告げる。川留《かわどめ》である。常水二尺五寸、増水二尺以上に及ぶと川越えは止められたという。〈南無《なむ》三《さん》、川がつかえやしたか〉二人は失望の叫びをあげる。宿引は、〈先へおいでなさってもお大名が五ツかしら(五グループ)島田《しまだ》と藤枝《ふじえだ》にお泊りでございますから、あなた方のお宿はござりませぬ。まず岡部へお泊りなさいませ〉〈そんなら、そうしようか〉
五組の大名が大勢引きつれて泊っているのでは、庶民のもぐりこむ隙はないだろう。川留といい、大名行列といい、やっぱりこの頃の旅は、庶民には障害が多い。岡部は江戸から四十八里四町、まだ京の方が遠い。
丸子には吐月峰柴屋寺《とげつぽうさいおくじ》がある。室町期の連歌師宗長《そうちょう》が閑居したところで、いま静岡県の名勝になっている。庭園は宗長作といわれ、京の銀閣寺《ぎんかくじ》を模したといわれるが、そのたたずまいを縁に坐って眺めると、山々の借景といい、さながら京に在るままの感じ、宗長は島田の人だが、ここに都の文化のかおりをとどめようとしたのか。吐月峰は宗長の命名した山の名だが、ここに産する竹が細工に適していたので、煙草盆の灰吹を吐月峰と呼んでいる。

駿河に勢力を張った今川《いまがわ》一族は文雅を好む人たちだった。今川氏や宗長がこの地方にはぐくんだ文化の風は浅からぬものがあったに違いない。

さあ、ここではまた、宇津の山の蔦の細道を探らなければ。『伊勢物語』の現代語訳も私は書いたことがあるが、そのときは蔦の細道をまだ見ていなかった。いつの日か、この歌枕の地を見たいと念じていたが、上方に住んであまり動かない私には訪れる機会はさらになかった。いまやっと珍しいところへ来ることができた。『伊勢物語』の有名な九段が思い浮かぶ。

「むかし男ありけり。その男、身を要《えう》なきものに思ひなして、京にはあらじ、東《あづま》のかたに住むべき国求めに、とて、ゆきけり」

古来から、『伊勢』といえば、みな人はこの章を愛して、諳《そら》んじるほどに読み承《つ》がれてきたところである。ゆくりなく旧東海道を旅して、（『伊勢』の旅とは反対からゆくのであるが）その歌枕をたずねることができたのは嬉《うれ》しくてならない。この先、三河の国の八橋《やつはし》もたずねることができようが、八橋の次に、「むかし男」は駿河の国へ入る。

「ゆきゆきて駿河の国にいたりぬ。宇津の山にいたりて、わが入らむとする道はいと暗う細きに、蔦楓《つたかへで》は茂り、もの心ぼそく、すずろなる目を見ることと思ふに、修行者《すぎやうじゃ》あひたり。『かかる道はいかでか、いまする』といふを見れば、見し人なりけり。京に、その人の御もとにとて、ふみ書きてつく。

駿河なる宇津の山辺のうつつにも
夢にも人に逢はぬなりけり」

——むかし男、在原業平《ありわらのなりひら》は宇津の谷《や》峠を越える。暗く険しく心細い山道、なんでこんな目にあわなきゃならないんだ、というような思いで辛《かろ》うじて越えていると、向うから修行者がやってくる。人恋しい思いでいた時とて、なつかしい感じがするのに、なんとその人は京で知った人ではないか。〈こんな所へどうしていらしたのですか〉といってくれる。京へ向うその人に、愛する者への手紙を托《たく》した。——私は駿河の宇津の山に来ました。その名のように、現《うつつ》にも夢にも、あなたにお目にかかることはできないのですねえ、今はもう……。

宇津の山は、静岡市と志太《しだ》郡（現・藤枝市）の境で、現在、国道1号線は宇津谷トンネルでかるがると岡部の町へ抜ける。旧東海道はその北に切り開かれたが、それは戦国時代からである。多数の兵士を輸送するには道路の開削が先決で、戦争というものは道をつくるもの、といえそうだ。『分間延絵図』八巻を見ると、東海道の南、山岳重畳の間を縫って、きれぎれに細い道がつづく。王朝の古道はこれだという。

タクシーで旧東海道の坂下《さかした》地蔵堂までゆくことができる。石段を上れば荒れたお堂が木々に囲まれてぽつんと建ち、その境内に「蘿径記《らけいき》」の碑があった。びっしりと漢字で埋っている。親切な説明文が立てられていた。その岡部町教育委員会の説明によれば、駿府代官であった羽倉簡堂《はくらかんどう》（外記《げき》）が蔦の細道の古道が忘れられようとしているのを愛惜して、その歌枕の風雅を揚言する文をつくり、書家の市河米庵《いちかわべいあん》に書かせて宇津の谷の入口に建てたものらしい。蘿径とは、蔦の細みちという意味、文政十三年（一八三〇）とあるから、一九の死の前年である。——駿府代官にも文化人がいたんだなあと感慨がある。同じことなら雅《みやび》やかな和文でわかりやすく綴《つづ》ってくれたほうが、歌枕の地には似つかわしいのに、と思うが、外記おじさんは古賀精里《こがせいり》の門人だったというから、儒者兼高級官吏としては、裃《かみしも》に威儀を正した漢文にならざるを得ないだろう。一九あたりに書かせたら、いっそ垢《あか》ぬけていたかもしれない。

地蔵堂の石段を下り、向って右へ五百メートルばかりゆくと、「蔦の細道」と道しるべがある。地元の人たちが保存に力を入れていられるらしく、外記おじさんの情熱が人々によく受け継がれているというべきか。古道は昼なお暗く、沢のせせらぎに渡された丸木橋をあやうく踏んでしばらく登り坂をゆく。谷川を左にして木々のあいだを分けゆく細い道、たまたま小学校高学年らしい一団が、歩きなやむ私をひょいひょいと追い越して峠へ登っていった。見ればみな草鞋《わらじ》ばきで、自分たちで編んだよし、

〈軽いけど濡《ぬ》れると気持悪いんだよ〉

なんていいながら水筒の水をひとくち飲み、男の子は、みんなにおくれじと岩や石を走り踏んで、草の中へ身を没してしまう。——業平も旅姿を峠の向うに消す。

2

岡部の宿に泊った弥次・北は、〈今朝御状箱《ごじょうばこ》が渡った、一番越しもすんだ〉と聞くなりそこそこに支度して宿を出る。川留《かわどめ》が解かれたあと、御状箱、つまり公文書が最優先で越える。ついで大名たちの順で、堰《せ》きとめられた庶民の旅人はそのあとどっと渡る。弥次・北、心もせわしく旅籠《はたご》を発《た》つが、そのときの描写が中々いい。

「はや諸家《しょけ》の同勢《どうぜい》、往来の貴賤《きせん》、櫛《くし》の歯をひくがごとく、問屋籠《かご》、宙をかけり、小荷駄馬《こにだうま》、飛んで走る、街道のにぎはひいさましく、二人もともに浮かれたどりゆくほどに……」

はや藤枝の宿近く。ここで北八、災難にあう。馬の跳ねたのに驚いた田舎親仁《おやじ》が逃げる拍子に北八につき当り、北八は水たまりの中へ転げたのだ。大きに熱くなった北八、起き上がるなり田舎親仁をひっとらえて啖呵《たんか》を切る。〈この親仁め、まなこが見えねえか、寒《かん》烏《がらす》の黒焼でも食らやァがれ〉親仁〈ハイ、ごめんなさい〉〈ヤイ、ごめんなさいじゃァすまねえわえ。コレ野郎は小粒でも、ぎゃっというから金の鯱《しゃちほこ》をにらんで、産湯《うぶゆ》から水道の水をあびた男だ〉〈インネ、ハイ、水を浴びたならようござるが、其方《そんた》のこけた所は馬《おま》の小便溜《だま》りだもし〉〈エエその小便の溜った所へ、なぜ突っこかしやァがったえ〉〈そりゃ、ハイ、わしも、がらい、馬《おま》に突っぱねられて、其方《そんた》にいきやったのだ。どうもせずことがない。堪忍《かんにん》さっしゃい〉〈なんだ、堪忍しろ。いやだわえ。ほんのこったが、大江山《おおえやま》の親分が鉄棒《かなぼう》曳いて渡りに来ようが、石尊《せきそん》さまが猪《い》の熊《くま》の似面《にづら》を描かせた提灯《ちょうちん》で、路地口から溝《どぶ》板の上へはいかがんできても、きかねえといっちゃァ、久米《くめ》の平内《へいない》を居催促《いざいそく》にやったよりかァ、まだびっくともせぬ奴《やっこ》さまだァ〉〈ソリャ、ハイ、何《あに》か七むずかしいことをいわっしゃるが、わしらにゃァ、ハイ、かいもくに知れ申さぬ〉この親仁、中々気が強く、〈わしもハイ、この近在の長田《ながた》村じゃァ、名主《なぬし》役も勤めた家筋だんで、今でもお地頭《じとう》さまの年頭《ねんとう》にゃァ、上席《じょうせき》ノゥ、せる男だ。何《あに》も、がいに、心《けけれ》なく雑言《ぞうごん》ノゥ、しめさるこたァござんないヤァ〉〈エエ、悪く洒落《しゃれ》らァ。尻《けつ》が痒《かい》いわえ。頭の欠けでも拾わせてやろうか〉

と北八一つ親仁にくらわせ、弥次がみかねて割って入り、〈北八、もう了簡《りょうけん》しろえ。とっさん、お前《めえ》が全体《ぜんてえ》、麁相《そそう》しながら気が強《つえ》え。もういいから行きなせえ〉

弥次一首、

頭《づ》にのつてきた八に今たたかれし
薬鑵《やくはん》あたまの親仁へこんだ

それでやっと二人は笑って瀬戸《せと》まで入る。と、町はずれの茶店にさきの親仁がいて、仲直りの酒を飲もうという。お志は忝《かたじけな》いがと足もとめない二人に、親仁はわしの志ゆえ、ぜひ一杯酒をという。〈さっきは無礼ノゥしました。わしもハイ、有様《ありよう》は一ぱい飲んだ元気で、ずない事も言い申したが、其方衆《そんたしゅ》が了簡ノゥしてくれさったから、へこたらずに帰《き》村《そん》ノゥしますは。マァ何《あん》でも礼に酒ゥひとつ進《しん》ぜましょう〉と無理に二人の手を取って引きこむ。酒と聞くと、へなへなとなる浅ましい両人、下地は好きなり御意はよし、めし、酒、肴《さかな》と景気よく店の者が持ってくるのを、タダ酒ほどうまいものはないとばかり、どんどん飲む。そのうち親仁は雪隠《せっちん》へいったきり戻ってこない、払いもせずに逃げてしまったのだ、北八〈弥次さん、とんだ目にあった〉〈しかたがねえ、手前《てめえ》払いをしや。あの親仁めがくやしん坊で、手前《てめえ》に意趣返《いしゅげえ》しをしたのだはな〉〈それでも、ナニおれげかりかぶるもんだ、いまいましい。せっかく酔った酒がみんなさめてしまった〉勘定は九百五十文という大金、これは大痛手。北八、〈騙《かた》りにあったと思って往生して払いやしょう。言やァいうほど知恵のねえ話だ〉弥次はおかしがる。〈そうはいっても乙《おつ》な親仁だ。いいことをしやがった。コウ北八、手前《てめえ》の顔で一首うかんだ〉

ご馳走とおもひの外《ほか》の始末《しまつ》にて
　腹もふくれた頬《つら》もふくれた

笑って両人、田舎者と侮ってしてやられたと今はおかしがり、やがて島田の宿へ。いよいよ大井川を越すのである。川越人足が、〈今朝がけに明いた川だんで、肩車《かたくま》じゃァ、あぶない。連台《れんだい》でやらずに、お二人で八百下さいませ〉弥次、〈とほうもねえ、おいらが自分で越す〉といえば人足、〈オオ、川流れで土左衛門になりゃ二百文つけて寺へやるから、何ならそうさっしゃい。流れたほうが安く上らァ〉ばかァぬかせ、と弥次は足早に川問屋へいく。川問屋は川会所《かいしょ》のことをいうのであろうか、川会所は川越しの管理センターのようなもので、川留《どめ》川明けの指令、人足の指図、川越し賃銭の決定、川札を売ることなどが仕事である。旅行者はこの川札を川越人足に渡して川を渡り、人足はこの川札によって日々賃銭をもらうことになる。しかし川明けなどで大混雑になると管理センターで川越し手続きをとっている余裕もなく、人足個々と旅人との交渉契約もあったらしい。この川札はどんなものかというと、美濃紙《みのがみ》を縦に十二に切り、上へ年行事（管理センターの役職）、小頭《こがしら》（人足の宰領）の判を押して油紙にしてある。下四分の三は紙縒《こよ》りになっている。これを裸の人足は鉢巻の手拭《てぬぐい》へ幾枚となくむすびつけて川を渡るという。

弥次は北八の脇差を借りて腰にさし、おのれの脇差は鞘《さや》をうしろへ延ばして、大小を差したようにみせかけ、〈ナント出来合いのお侍、よく似合ったろう。この風呂《ふろ》敷包《しきづつ》みを手《て》前《めえ》一緒に持って供になって来や〉〈こいつは大笑いだ〉

二人、川問屋へいって、弥次はお国侍らしく声色をつくり、〈コンリャ問屋ども、身も大切な主用《しゆう》でまかり通る。川越人足を頼むぞ〉問屋、侍と見て鄭重《ていちよう》に、〈ハイかしこまりました。ご同勢はお幾人《たり》〉〈ナニ同勢な〉〈さようでござります。旦那《だんな》はお駕籠《かご》かお馬か。お荷物は幾駄ほどござります〉問屋はもちろん、あくまでまじめに業務に精出している。弥次は口から出まかせをいう。〈本馬《ほんま》が三疋《びき》、駄荷《だに》が都合十五駄ほどありおるが、道中邪魔だから江戸表《おもて》に置いてきた。そのかわり身ども、駕籠の陸尺《ろくしやく》が八人、そこへ記しめさろ〉〈ハイ、お侍衆は〉〈侍共が十二人、槍持《やりもち》、挟箱《はさみ》、草履取、よいかよいか、合羽《かつぱ》籠《かご》、竹馬、都合上下三十人あまりじゃ〉〈ハイハイその御同勢はどこにおります〉〈イヤサ江戸表出立の節は、残らず召し連れたが、途中でおいおい麻疹《はしか》をいたしおるから、宿々へのこしておいた。そこでただ今、川を越そうという同勢は上下合せてたった二人じゃ。台越しにいたそう。なんぼじゃ〉〈ハイおふたりなら、連台で四百八十文でございます〉〈それは高直《こうちょく》じゃ。ちとまけやれ〉

ここで問屋は態度を一変、〈この川の賃銭にまけるということはないヤァ。ばかァいわずと早くいくがよからずに〉〈イヤ侍に向ってばかとは〉〈それで武士か、刀の小じりを見さっしゃい〉いわれて弥次、ふり返れば刀の鞘が柱に当って折れている。皆にどっと笑われ、弥次と北八、ほうほうのていで飛び出して、

「いそぎ川ばたに到り見るに、往来の貴賤すき間もなく、この川の先を争ひ越えゆくうちに、二人も値段とりきはめて、連台に打ち乗りみれば、大井川の水さかまき、目もくらむばかり、今や命をも捨てなんと思ふほどの恐しさ、たとゆるにものなく、まことや東海第一の大河、水勢はやく石流れて、渡るになやむ難所ながら、ほどなくうち越して連台をおりたつ嬉しさいはんかたなし。

連台に乗りしは結句　地獄にて
　おりたところがほんの極楽」

　――私たちが島田へ行ったのは秋も深まったころ。ワゴン車の島田タクシーが旧街道を走ってくれる。島田の宿あたりはまこと、一見の価値ありというものだ。島田市河原《かわら》に川会所や人足宿が復原されてずらりと並んでいるのは嬉《うれ》しい。障子の白さが秋の夕日に映え、ほとんど人通りはない。ちょうど島田市役所の社会教育課の女性課員、M・Iさんがいらして、いろいろお話をうかがうことができた。民家の間に点在する復原された建物、二番宿とか三番宿、とかいうのは川越人足の集合所のよし、十組の班に分れていたそうである。ここの川越人足は裸で暮すもののプライド高く、階級もあった。弁当持《もち》、川入《かわいり》、本川越《ほんかわごし》などがある。弁当持は十五歳未満の少年で人足の弁当を運ぶ。これは川越見習である。十五歳以上になると実際に川越する、これが川入、ベテランになると本川越といって一人前の川越人足になるという。一人前となれば腰に二重廻《まわ》しと称するものをつけ（浪《なみ》に千鳥や、雲に竜の模様があるよし）、互いに川越取《かわごしとり》と呼びあって、心意気は天下の関取に一脈通じると自負していたそうだ。

　もっとも、川明けで混雑したときは、どっと旅人がやってくるから、宿の規定の川越人足だけでは足らず、近郷から水練に長《た》けた人々が臨時の人足でやってくる、これはバイトであるから、もちろん本川越とは気分も働きぶりも違ったであろう。

復原された邸《やしき》の一つ、札場《ふだば》は、人足が川札を換金したところという。中に面白いのは「仲間の宿」というのがあって、年とった人足たちの集まったところ、というのがある。福祉施設も完備していたわけである。

現在、川会所の中には、駕籠をのせた連台（四方手すり四本棒、これはなんと二十人でかつぐもので、経費も大変である。肩車《かたくま》が川札一枚とすると、これは川札五十二枚分を要する）やら、半《はん》手すり二本棒の簡便なのやら、さまざま展示してある。単に梯子様《はしごよう》の連台もある。水かさによって脇通《わきとおし》（これが一ばん深いので高値、九十四文である）乳通《ちちとおし》（七十八文）帯上《おびうえ》通《とおし》（六十八文）帯下通（五十二文）股《また》通（四十八文）となっている。弥次・北たちのは帯上ぐらいの水かさだったのだろうか、並連台二人乗りは川札八枚というから八千円ぐらいになるのか、ともかく大井川を渡るのは難儀だったようで、「箱根八里は馬でも越すが越すに越されぬ大井川」という俗謡には渡し賃が庶民にとって馬鹿にならぬ高値であった意味も、含まれていたかもしれない。

庶民ばかりではない、大名もまた物入りである。雨にあって増水すれば川留となって滞留せねばならず、その費用は大人数だけにはかりしれない。連台の料金がまた、やたら高い。大・中規模の大名達がここで支払う渡渉賃の総額は、ふつう三十両から四十両、多いときで六、七十両、特別の場合は百両に達したと『島田市史』にある。参覲交代《さんきんこうたい》というのは幕府のねらい通り、大名たちの財政を圧迫すること甚しかったわけだ。

川越にこんな金も払えない最底辺の旅人はどうしたろうと疑問を抱かないではいられない。巡礼、物乞《ものご》い、乞食《こじき》、差別された身分の人たち、これらは事情を調べてやむを得ないと判断したときは、「報謝越《ほうしゃごし》」というのをしたと。三、四人、乃至《ないし》は七、八人ずつ丸太へつかまらせ、その前後を人足が担いで渡らせたそうである。もちろん無賃で、ボランティア川越しというべきであるが、人足たちへの手当は、ちゃんと川会所から出たというから、江戸の世の中はよくできている部分もあった。

南畝もここを苦労して渡っている。島田の宿へ着いたのは「日もはや暮れなんとする」頃であったが、藤枝あたりから雨が降り出しているので気が気ではない。雨で大井川が増水すれば川留、旅程が狂ったら、公用の旅は目も当てられない。今夜のうちにどうでも渡ってしまおうというので、島田の宿で「提灯、松明《たいまつ》、星のごとくかかげて河原に向ふ」。川の石に水音物すごく、人々は「よいとよいと」とかけ声して連台を高くかかげて渡る。南畝は連台にしっかりくくりつけた駕籠の中にいて、無事渡渉することを念じていた。幸いだったのは川水が思ったほど多くなく、思うままに向岸へ着いたことであるという。

土手にあがって私たちは大井川を見た。ダムのせいで、いまは水量がうんと減ったという。川原がいやに白々と広がっており、あたりいちめん薄《すすき》の原で、川面《かわも》は秋の夕日に光っている。満水のときも、急ぎの御状箱がくれば、油紙に厳重に包み、頭上にゆわえつけ、命知らずの勇敢な大井川の人足は、ざんぶと川にとびこんで泳ぎ渡ったという。川越人足の心意気も、満々たる川水も今いずこ。川の手前に『朝顔日記』にちなんだ碑《ひ》があるのみ。私がもし江戸の世にあれば勿論《もちろん》庶民、広重の絵にあるように人足の肩車《かたくま》で渡ったに違いない。ソコデ一首、〈難波潟《なにわがた》　みじかきあしの年増だと　かつぐ人足　大いに難渋〉

ヒャア、できたできた、ちゃんと島田も大井もはいっていますよ、と低い鼻をうごめかすのに、妖子は聞こえぬふりをして、

〈早く大井川を越えましょう、渡ればもう遠江《とおとうみ》ですっ。まずい歌には耳が遠とうみっ〉

3

大井川を渡れば金谷《かなや》の宿《しゅく》。

北八は金谷の宿で、戻り駕籠だから安くするというのに釣られて乗ったが、これがロートルの商売道具で、菊川《きくがわ》まで来て駕籠の底がすっぽり抜け、北八はどすんと落されてしま

う。駕籠屋は急遽《きゅうきょ》、自分たちの褌《ふんどし》（また、出た。一九はよっぽど、ふんどしを小道具に使うのが好きである）で駕籠の胴中《どうなか》をくぐり、〈サア乗ってござれ。ねぶたくならしゃっても、このへこで落ちずようがござらない〉というが北八はいまいましくて、ここでおりた。雨の中、やっと小夜《さよ》の中山《なかやま》にいたり、ここの立場《たてば》は飴《あめ》の餅《もち》の名物、白い餅に水飴をくるんだものだが、二人は左党なのでやっと一つ二つ食べる。

その日は雨が強く、日坂《にっさか》の宿でまだ八ツ（午後二時頃）というのに泊ってしまう。宿に泊り客の女たちの影がみえ、心そそられたからである。――私は菊川という名に心そそられる。これはたずねなければならない。

金谷町（現・島田市）・菊川の「菊川老人憩《いこい》の家」の先にある菊川神社、その鳥居のうしろに宗行《むねゆき》の詩碑《しひ》と俊基《としもと》の歌碑《かひ》が立っていた。

藤原《ふじわらの》宗行は承久《じょうきゅう》の変（後鳥羽《ごとば》上皇が討幕計画に失敗する）に坐《ざ》して囚《とら》われ護送される途中、菊川の宿に泊り、旅舎の柱に詩を書きつけた。承久三年（一二二一）のことである。

昔南陽県《なんやうけん》ノ菊水　汲ンデ二下流ヲ一而延ブレ齢ヲ
今東海道ノ菊河　宿シテ二西岸ニ一而失フレ命ヲ

彼は駿河の藍沢《あいざわ》で斬られたが、その詩は人々の口から口へ伝えられ、涙を誘った。『東関紀行』の作者（鴨長明《かものちょうめい》といわれるが）も、その詩が、「ある家の柱にかゝれたりけりと聞《きき》をきたれば、いとあはれにて其《その》家を尋《たづぬ》るに、火のためにやけて、かの言《こと》のはも残らずと申《まう》すものあり。今は限《かぎり》とて残し置《をき》けむかたみさへ、あとなくなりにけるこそ、はかなき世のならひ、いとゞあはれにかなしけれ」と書いている。鴨長明の旅は仁治《にんじ》三年（一二四二）であるから、二十一年後のことである。火事に焼けてもしかし、心に彫りつけられた詩句の感動は人々の記憶から消えず、こうやって現代、七百年のちもゆかりの地に石碑《せきひ》が建てられるのである。

菊川にはもう一つ哀話がある。元弘《げんこう》元年（一三三一）後醍醐《ごだいご》天皇の倒幕の密謀が洩《も》れ、日野《ひの》俊基《としもと》は囚われて関東へ護送される途中、菊川まで来て、宗行卿《きょう》の故事を思い、わが身の上と観じて、宿舎の柱に書きつけた。

古《いにし》へもかかるためしをきく川の
　同じ流れに身をや沈めん

その歌碑が、いま、宗行の詩碑と並んでたてられている。東海道を上り下りする旅人は、二人のお公卿《くぎょう》さんの悲しい話に大いに心動かされてゆきすぎたのである。

さて私たちも宿を取らねばならない。暗くなってきて撮影も不可能になった。掛川市《かけがわ》の郊外の法泉寺《ほうせんじ》温泉、ほんとうの山の中、茶畑の奥の小さい温泉宿に泊った。夏は鮎《あゆ》、冬は猪が名物というからその山家《やまが》気分も知れようというもの。爺《じい》さん婆《ばあ》さんの団体が相客で、どうやら小学校同級生のクラス会らしかった。卒業して五十年は経っているだろう。みな陽気に騒いで可愛いかった。宿の御飯が残ったので妖子はお塩を所望してさっさとおむすびをつくる。これは亀さんの夜食である。亀さんは体格がいいだけに、夜中に空腹で目がさめるという。都会の宿なら、出れば何でもあるが、茶畑ばかりの山奥の宿では、どうにもならない。そのへんを、ちゃっと察して、妖子は手ばしこく、おにぎりをつくってあげたわけ、口も早いがすることも早く、気が優しい。亀さんは嬉しそうに特大おにぎり三つがのった皿をしっかと抱え、自分の部屋へ寝にいった。

明ければ十一月末の遠江の国の空は快晴、掛川タクシーでまわってもらう。昨夕の宗行卿の墓は金谷バイパスのそばにあった。旧本陣から移したもの。宗行はここで死んだのではないが、地もとの人には「宗行さん」と呼ばれて親しまれている。

掛川の東、国道1号線の小夜の中山トンネルの山の上に旧道の「小夜の中山の峠道」がある。

トンネルの丘の上には「夜啼石《よなき》」がある。夜啼石の伝説は陰惨なもので、小夜の中山にすむ妊婦が夜道で盗賊に殺され、そのとき赤子が生まれたが、母親の魂が石に憑《つ》いて夜々泣き立てた。聞きつけた村人が赤子を発見して、近くの久延寺《きゅうえんじ》の和尚《おしょう》が水飴で育てたというもの。滝沢馬琴がこの伝説を潤色して小説にしてから、夜啼石はいっぺんに有名になった。

広重の絵でみると大石は往来のまん中にでんと通行を塞《ふさ》いで蟠踞《ばんきょ》しているが、現代は丘の上の公園に笠堂《かさどう》のような覆いの下、涼しい顔で据えられている。

もっとも石はもう一つあって、山の上の旧道、小夜の中山峠の東はずれの久延寺の中にもある。この道は観光バスは入れないが、タクシーならいける。茶畑の中を車で入ってもらった。

久延寺は静かで、いい風情に寂《さ》びすがれた山の寺であった。境内にはさっきのよりやや小ぶりな石があった。寺の手前に、昔ながらの古い扇屋《おうぎや》という茶店があり、往来の旅行者や村の人々が二、三人、休んでいる。「名物　夜泣松　子育飴　元祖扇屋製」とある。看板が「あふぎや」になっているのもいい。夜泣松というのが本来だが、松が枯れたので、石をもってきて代えたと郷土誌にはあった。ここには元気な婆さんが、黒い手編みの毛糸帽などかむって一人、店番をしている。言葉もはっきり、物腰もしゃっきりしじいるが、ずいぶんのトシみたいである。

私たちも入口の床机に腰かけて休むことにする。名物の子育飴を食べてみよう。

〈お婆さん、飴を下さい〉

〈はい、あげますよ〉

百円で割箸《わりばし》にくるくると巻きつけてもらう。美しい琥珀色《こはくいろ》の水飴で、あっさりした甘味、この水飴はもちごめと麦芽だけで作り、三日かかるよし、婆さんの手づくりであるという。

〈婆さんも元気だなあ。いつ見ても〉

と運転手さんは顔なじみらしくいう。おいくつですか、失礼ですけど、と私がいったら、

〈いくつにみえますか、オホホホ……〉

なんていって婆さんは年をかくす。

〈二、三年前、九十だっていってただろう〉

と運転手さん。

〈ハイ、まあ、そんなところだ。自分でも忘れたァ〉

今でも一人暮しだというが、見てるとなるほど不自由しないと思うのは、やってくる人みなをつかまえて、婆さんは平気でこき使う。

〈あなた、わるいけど飴の壺《つぼ》を奥から持ってきて下さい、それそれ、そっちのほうの壺〉

〈旦那《だんな》さん、領収書を書いて下さい、このお人が要るっていうから〉

郵便配達のお兄さんも、休憩しているハイカーもみな、使われている。そしてみな、ハイハイということを聞いてあげている。

「あふぎや」さんの前に風変りな円柱の歌碑がある。西行の歌だ。

年たけてまた越ゆべしとおもひきや
いのちなりけり小夜《さや》の中山

歌枕の地にしては斬新大胆なイメージの歌碑であったが、『古今集』には小夜の中山の歌があって、古来、人々のあこがれとなっている歌枕の地だ。紀友則《きのとものり》の歌は、

あづま路の小夜の中山なかなかに
なにしか人を思ひそめけん

私は——歌は出来なかったので、一口落語、

〈お婆さん、飴をくださいい

ハイハイ、あめましょう〉

## 4

日坂《につさか》で思いも寄らず早く宿入りした弥次たち、相客の女たちが目当てで、女中に聞くと巫女《いちこ》だという。口寄せである。神がかりになって霊魂を呼びよせる。生霊は生き口《ぐち》、死霊は死に口という。弥次は死んだ女房を寄せてもらおうという。巫女はいつもの作法通り箱を前に据え、弥次は樒《しきみ》の葉に水をかける。巫女の神おろし、おどろおどろしい呪文、天地の神々仏たちの名を呼んでやっと出たのは弥次の母親の霊、そりゃァ用がないというと、入れ替って弥次の死んだ女房の霊が出てくる。それが巫女の口を通して怨《うら》み辛《つら》みをいうのだが、弥次とのやりとりがおかしい。

巫女〈そなたのような意気地なしに連れ添ってわしゃ一生、食うや食わず、寒くなっても袷《あわせ》一枚着せてくれたことはなし、寒《かん》の冬も単衣《ひとえ》もの一つ。アアうらほしやうらほしや〉弥次〈堪忍してくれ、おれもその時分は金廻《かねまわ》りが悪くて可哀そうに苦労しつづけで死なせてしまって残り多い〉これを横で北八聞いて、〈オヤ弥次さん、お前《めえ》泣くか、こいつは鬼の目に涙だ〉と腹を抱えて笑いこけている。

巫女〈忘れもせない、其方《そなた》が瘡《かさ》をわずらわしゃった時、わしはあやにくひぜんになる、弟はよいよい病い、一人息子は体をいためて骨ばかりに瘦せこける、米はなし日なし(毎日返す借金)はせがむ、大家どのの家賃を払わねば路地の犬の糞にすべっても文句もいえず〉〈もうもういってくれるな、胸が裂けるようだ〉〈それにわしが奉公してせっかく貯めた着物まで、そなたゆえに質流れさしたのがくやしい〉〈その代り手前《しめえ》は結構な所へいっているだろうが、おれはいまだに苦労が絶えぬ〉〈ヤァレハァ、何が結構でござろう。友達衆の世話で石塔は建てて下さったれど、それなりで墓参りもせず、寺へ付届けもして下されねば、無縁同然となって、今では石塔も塀の下の石崖となりたれば、折ふし犬が小便をしかけるばかり、ついに水一つ手向けられたことはござらぬ。ほんに長死にすれば色々な目に遭いますぞや〉〈もっともだ、もっともだ〉〈その辛い目に遭いながら、草葉の蔭で、そなたのことを片時忘れぬ。どうぞそなたも早く冥途《めいど》へきて下され。近いうちわしが迎いに来ましょうか〉〈ヤァレ、とんだことをいう。遠い所を、必らず迎いに来るにやァ及ばぬ〉〈そんならわしが願いを叶えて下され〉〈オオ何なりと何なりと〉〈この巫女どのへ、お銭《あし》をたんとやらしゃりませ〉〈オオやるともやるとも〉〈アアお名残り惜しや。語りたいこと言いたいこと、数限りは尽きせねど、冥途の使い繁ければ弥陀《みだ》の浄土へ……〉

弥次は鳥目《ちょうもく》二百文を奮発して巫女に渡し、北八は〈暗闇の恥をとうとう明るみへぶちまけてしまった〉と大笑いである。

弥次らは巫女に酒をふるまう。巫女の若い娘とそのお袋、連れの女がもう一人、娘は飲まぬがあとはくらいぬけで、いくら飲んでもしれしれしている。北八は娘にしなだれかかり、〈およしなさりませ〉と娘がいやがると婆《ばば》巫女が〈そんなら私が〉と相手になったりして乱《らん》がわしい。夜も更け、二組が隣室同士にやすむ頃になって、北八、時分はよしとそっと起き出《い》で、手さぐりで娘巫女のそばへ忍び入ると、思いのほか巫女のほうから手を取ってひきずり寄せ、こいつは有難いと「そのまま夜着をすっぽり手枕のころび寝に、仮りの契りをこめしあとは」二人ともぐっすり、そこへ弥次が忍んで来て、巫女と思い北八に唇よせ、わんぐりかみつき、〈アイタタ……〉という北八の声に、〈オヤ北八か〉〈弥次さんか、エエ汚ねえ、ぺっぺっ……〉〈そうぞうしい、静かになさろ〉という声は婆巫女。北八が今度はびっくり、いまいましいと匍《は》い出せば、婆巫女はつづいて逃げようとする弥次を捉《とら》えて〈お前、この年寄りを慰さんで、いま逃げることはござらぬ〉〈イヤ人違いだ、おれではない〉〈インネ、そういわしゃますな。わし共はこんなことを商売にゃァしませぬが、旅人衆の伽《とぎ》でもして、ちっとばかしの心づけを貰《もら》うのが世渡り。さんざんばら慰んで、ただ逃げるとはあつかましい〉〈これは迷惑な。ヤイ北八、北八……〉

という趣向である。蒲原の木賃宿と同じ。

この日坂《にっさか》の旧街道筋にも古い家並みが残っていて、二階の低い軒、細かな手すりの桟など、今にも障子が開いて旅人が顔を出しそう。人かげもまばらで、巫女の後ろ姿も見るようだ。

弥次さんらはその先の塩井《しおい》川というところで、京上りの座頭二人に会う。橋が落ちてこはかち渡りで、旅人はみな股引《ももひき》をぬいで裾《すそ》をまくりあげて渡っている。犬市《いぬいち》・猿市《さるいち》という座頭たちは互いに拳《けん》で勝負して負けた方が相手を背負って渡ろうという。拳を出すと同時に左の手で拳を打つ手を握り合い、〈サァ勝ったぞ勝ったぞ〉

負けた猿市が背を向けるのへ弥次はこれ幸いと狡《ずる》くも負ぶさって向う岸へ。こちらでは犬市が早く川を渡せとわめく。不審がる猿市、仕方なくまた引返して背を向けるのへ、今度はすばやく北八が。犬市がわめくのでやっと猿市も気付き、〈背中のこいつは誰だ〉と北八を川の中へどんぶり。いい気味とはいうものの。——

これは現代人には受けない趣向で、まだある、次の掛川の宿で、犬市らが酒を飲んでいるのにちょっかいを出して、横から飲んでしまう北八。子守の少女が見ていて〈ワーイ、座頭どんの酒ゥ、みんなあの人が茶碗《ちゃわん》へついで飲んでしまわっせいた〉

不逞《ふてい》にして野良、志なき兵六玉《ひょうろくだま》の弥次・北は障害者であろうが何だろうが、「いちびり」（悪ふざけ）の対象にしてしまうのである。世の中には女のあまり好かない「いちびり」や「悪ふざけ」「悪洒落《わるじゃれ》」というのがあり（テレビのどっきりカメラやエイプリルフールのかつぎなんかのたぐいである）、これをしも、世の男はユーモアやおふざけとして喜んで笑うが、女にはどうしても笑えない要素がある。ユーモアというのはかつがれた人も笑うもんだ。一方が腹を立ててるようなおふざけが、なんでユーモアであろうか、このくだりは狂言の「どぶかっちり」の趣向であると研究書にはあるが、狂言は様式的に純化されるから距離感があるのに対して、『膝栗毛』はリアルな世間ばなしだからたすからない。

やがて袋井《ふくろい》、連れになった富裕らしき上方者が〈モシお前《まい》がたはお江戸じゃな〉と話しかけてくる。吉原の話になり、弥次が知ったかぶりで大風呂敷《おおぶろしき》をひろげる。しかし、どだい弥次なんぞの安遊びは金持の上方商人とは桁《けた》が違う、嘘が片端からばれて、たまりかねた北八が口を入れる、この二人のやりとりがおかしい。こういうのが出てくるから『膝栗毛』をよむのもやめられない。

北〈エエ、さっきから黙って聞いていりゃ、弥次さんお前《めえ》、きいたふうだぜ。女郎買《じょろうけえ》に行ったこともなくて、人の話を聞きかじって出放題ばっかり、外聞《げえぶん》のわるい、国者《くにもの》の面汚《つら》しだ〉弥〈べらぼうめ、おれだとって行かねえものか、しかもソレ、手前《てめえ》を野太鼓でつれていったじゃねえか〉〈エエあの大家さんの弔いの時か、へヘ神につれたもすさまじい。なるほど二朱の遊びをおぶさった（奢《おご》ってもらった）かわり、馬道《うまみち》のさかなやで、むき身のぬたとおから汁で飲んだときの銭は、みんなおいらが払っておいた〉〈うそをつくぜ〉〈うそなもんか。しかもそのとき、お前《めえ》、秋刀魚《さんま》の骨を咽《のど》へたてて、飯を五六ぱい、丸呑みにしたじゃァねえか〉〈ばかァいえ、うぬが田町《たまち》で甘酒をくらって口を火傷したこたァいわずに〉〈エエそれよりか、お前《めえ》、土手でいい紙入が落ちてあると、犬の糞《くそ》をつかんだじゃァねえか、業さらしな〉

だんだん話がしみったれて、みじめったらしくなって来、笑わせる。

——通りすぎてしまったが、私たちは掛川で葛布（かっぷまたは、くずふと呼ぶそうである）を見た。古くからここの名産で、山野に自生する蔓草《つるくさ》の、葛《くず》の蔓から葛糸をつくってそれを緯糸《よこいと》とし、木綿や麻を経糸《たていと》として織る。掛川市内の小崎商店で見せて頂いたら昔ながらの織機で手織りされていた。昔は裃《かみしも》や合羽に重宝され、掛川の名とともに知れ渡っていたが、しばらく衰微していたのを、現代また特産として作っていられるらしい。インテリアとして輸出もされるようであった。素朴な手ざわり、風合がさらさらして快い。珍しい地方の記念に、私は葛布の帽子《ぼうし》を買った。

見付《みつけ》の宿から少し先に、鎌倉時代の宿だった池田《いけだ》がある（現・磐田《いわた》市池田）。ここは謡曲の「熊野《ゆや》」のゆかり。平宗盛《むねもり》に愛された美女熊野は、ここの出身という。なつかしさに行興寺《ぎょうこうじ》へ寄ってみた。熊野とその母の墓といわれる宝篋印塔《ほうきょういんとう》があった。ここの長藤は有名だが、秋も末のいまはもとより見られない。

いよいよ天竜川《てんりゅう》を越す。あばれ川という天竜川は、渡し船であって、弥次・北はしぶきにぬれつつ渡る。

私たちが見た天竜川は、これまた水少く、川床が露出しているところもあった。川の砂利を取るからねえ、とタクシーの運転手さんはいっていたが。

渡れば中の町《ちょう》の立場、ここは江戸へ六十里、京へ六十里、まん中だから中の町といったと。

やっとまん中まで来たのである。「旧東海道」という標示はあるが、べつにここが江戸と京の真中というシルシはない。〈東海道半ばなりける中の町　なにもシルシのなきが悲しき〉

# 宮の渡し

## 1

浜松《はままつ》から舞坂《まいさか》へ入る旧東海道、舞坂宿近くみごとな松並木が残る。約三百本、七百メートルばかり続くという。『分間延絵図』でみても馬郡《まごおり》村から舞坂までびっしり松並木が描かれている。

いまも松は元気よく、車の排気ガスにもめげないで生々と枝を張っている。「旧東海道松並木」の標示があって、まん中の車道は舗装され、車の往来は激しいが、美しい道である（舞阪町舞阪　県道49号線）。細い若い松も見られ、心こめて植え継がれているらしかった。

浜名《はまな》湖は快晴である。現代では鉄橋で難なく越えるが、弥次さんたちはお定め通り新居《あらい》の関所まで海上一里を乗合船で渡るのである。この舟賃は一人十八文だったという。二百

六、七十円位か。「げにも旅中の気散《きさん》じは、船中思ひ〳〵の雑談、高声《かうしやう》に語り合《あひ》、笑ひののしり打興じゆくほどに」やがて半ば渡ったころ人々がうとうとしているとき、乗合の中に五十ばかりの髭《ひげ》むしゃむしゃとしたる親仁《おやじ》、垢《あか》づいた布子《ぬのこ》を着たのが何だかごそごそさがし物をしている。人の袖《そで》の下までまくるので、北八、〈失《な》くしものがあればことわってたずねるがいい。何だ〉〈そんならいいますべい。蛇が一匹なくなり申した〉船中騒然となる。やっとつかまえ、親仁はふところへ入れる。讃岐《さぬき》の金毘羅《こんぴら》参りの途中、路銀が尽きたので、道で蛇をつかまえたを幸い、蛇使いになって一文ずつもらってゆくといい、〈コリャァわしが商売の種でござるは〉乗合は承知せず、〈コレ親仁どん、多勢に無勢だ、早くうっちゃってしまいなせえ〉〈インニャヤァだ、なり申さぬ〉立ち廻《まわ》りになって親仁のふところからまた蛇がはい出る、北八、刀のこじりで蛇のあたまを抑えると、蛇は鞘にまきつく。蛇だけ海へ投げるつもりのところ、手がすべって脇差ごと海へ。蛇は沈んだが、北八の脇差は竹光だから、ぷかぷか浮いて親仁が〈この年になるが脇差の流れるのをはじめて見申した〉といやみをいう、〈よくしゃべる死に損いだ、はりとばしてやろう〉と立ちあがるのを弥次が〈もう北八、いいにしや、乗合衆の手前もある、静まれ静まれ〉となだめるうち、新居に着く。船頭、〈サアサア、お関所前でござる。笠《かさ》をとって膝《ひざ》を直さっしゃりませ。ソレソレ舟が当りますぞ〉——関所役人がいかめしく迎える。

渡し舟が接岸したところはすでにしてお関所の柵《さく》内なのである、無事通過してやれやれと新居の宿で祝い酒をくみ交す。お関所というのはどうも気苦労なものだ。

新居関所は唯一現存する関所遺構で、がっしりと威圧的な、立派な木造建築である。三百円の入館料で、この安政二年のたてものをじっくり眺めることができる。二十年ほど前屋根を葺《ふ》きかえ、一部を復原したというが、国指定特別史蹟《しせき》になっている。箱根は山の関所だが、新居は海の関所であった。内部の座敷には等身大の人形のお侍たちが、裃《かみしも》すがたに威儀を正して坐《すわ》っていて、みな中々の男ぶりである。ここも箱根同様、入鉄砲に出女をきびしく詮議《せんぎ》した。隣接する史料館には江戸時代の旅のさまざまが展示されていて、内容豊富で一見の価値がある（英語の説明文には、アライ・チェックポイントとある）。

弥次・北はここで名物の鰻《うなぎ》のかば焼きを食べている。私たちも弁天島《べんてんじま》のうなぎ屋で、うなぎ定食を食べた。三島のそれもよかったが、さすがに浜名湖のうなぎは美味だった。南畝先生もここでうなぎが旨《うま》いと聞き、

「ある酒家に立よりてめすに、味ことによろし」

と嘆賞している。この近くに高師《たかし》の山という歌枕があり、紅葉寺とよばれる古刹《こさつ》がある、南畝はそれを見たかったが、「道へだたりてかひなし」とあきらめている。代りに行ってみようと私は思った。

私たちの乗った遠鉄《えんてつ》タクシーの運転手さんは女性で、ことに親切な人だった。人に聞き聞き、やっとさがしあてててくれたが、苔《こけ》むした石段の上のそれは跡形もなく廃寺になっていた。足利義教《あしかがよしのり》がここへ寄ったというのだが。——

『分間延絵図』の浜名湖はまことに広々と大きくゆったり拡がっている。いま浜名湖畔《こはん》には競艇場がありマリーナがあり、レストランが櫛比《しっぴ》して車の往来激しく、お関所の中の句《く》碑《ひ》——「木戸しまる音やあら井の夕千鳥」という太祇《たいぎ》の句の静けさはない。しかし弥次さんたちの時代も、渡し船百二十艘《そう》、船頭、水主《かこ》三百六十人が旅客の輸送にあたっていたというのだから、これはこれでかなり殷賑《いんしん》をきわめていたというべきであろう。一九はちょっと西鶴流の才筆で書きなぐっている。

「(弥次・北は) あら井の駅に支度とゝのへ、名物のかばやきに腹をふくらし休みゐたるに、げにも来往《らいわう》の貴賤絶間《たへま》なく、舟場《ふなば》へ急ぐ旅人は、足も空《そら》に出舟を呼ばふ声につれて走り、問屋へかゝる宰領《さいりやう》は口やかましく、課役《くはやく》を触《ふ》るる馬差《うまさし》(人馬の指図をする役人) についての〵しる。旅籠《はたご》屋の袴腰《はかまごし》、横ちよに曲げてはしり、茶屋女の前垂れ、筋違《すぢかひ》に引きずってとぶ。長持人足、横に立つてうたひ、馬士《まご》うしろを向きて、ひよぐりながら行道《ゆく》すがら、〵『うらが性根《しやうね》は浜名の橋よヱ、今はとだへてヱ、おともせぬヨヱ、ドウドウ』」

喧騒《けんそう》が活写されていて、中々いい。

二人は白須賀《しらすか》、二川《ふたがわ》と二人とも駕籠《かご》でゆくことにきめる。ここで珍しいのは、駕籠かきが客をとりかえるのである。向うから二川の駕籠が客をのせてやってくる、駕籠かき同士、話をつけて乗りかえてくれという。それで乗りかえると、北八の駕籠屋〈旦那《だんな》は仕合せじゃ。コリャア宿屋駕籠でおざりますから蒲団《ふとん》がしいてあるだけ、お前方は代えさしゃったが、お徳というものじゃ〉

この駕籠に敷いた蒲団が高くなっており、北八が何心なく探ってみると四文銭の一緡《さし》（百枚を一本につないだもの）である。さては今まで乗っていた男がここへ忘れていったのか、〈なんでもこいつ、せしめうるし〉と北八、そっと一本をふところへ着服してそしらぬ顔の白須賀の宿《しゅく》。ここから汐見坂《しおみざか》、「南に蒼海漫々と見へ、絶景まことにいふばかりなし」そこで北八一首「風景に愛嬌ありてしをらしや　女が目もとの汐見坂には」これに駕籠かきども感心するので、北八は図に乗り、〈貴様たちに言って聞かせても馬の耳に念仏だろうが、また一首よんだ。〝奥山に紅葉ふみ分けなく鹿の　声きく時ぞ秋はかなしき〟というのだ。なんと奇妙か奇妙か〉駕籠屋〈旦那はえらいものじゃ。わしどもはかいもく知らぬが、何にしされ、歌がじきに、ひゅっと出るというものじゃから、えらいえらい〉

〈ちょっとしたところがこれくらいのものよ。いや貴様たち、あんまりほめてくれたから酒が吞《の》ましたくなった。ここは立場《たてば》か〉〈猿《さる》が番場《ばんば》でおざります。サア棒組《ぼうぐみ》、一服吸っていかあず〉

北八、茶屋女に〈みんな、一ぱいずつ飲まっし。コレ女中、そこへ酒を一升でも二升でも旨《うめ》え肴《さかな》をつけて出してやってくんな〉

弥次は駕籠の内から、〈オヤ北八どうした。大分《でえぶ》、大風《おおふう》なことをいうな〉〈ナニサ、ちょっと吞ませるが、どこでもこの位なもんだ〉とさっきの一緡《さし》をみせかけるので弥次もそれではおいらもご馳走《ちそう》になろうと出てくる。おかしいのは北八の駕籠かき、〈これはありがとうございます、コリャコリャ、みんな来なされの、さっきの猿丸太夫《さるまるだゆう》さまが御酒《ごしゅ》を下されるは〉

北八いっぺんにぺしゃんこになるが、みなみなそれにかまわず、しこたま飲み食いし、三百八十文の代金を北八、不承不承に払おうとしたところで駕籠屋、〈オオそれそれ、モシ旦那、あなたの乗ってござらっしゃる蒲団の間に、四文銭一本入れておきましたが、あるか見て下されませ〉北八びっくり、しかたなくふところから出した銭を、またそっと蒲団の間へ入れて〈オオここにあったあった〉

汐見坂、白須賀、眺めがいいというが、旧道を車で走っても海のみえるところはなく、ようやくドライブインの屋上にあがって、やっと遠州灘《えんしゅうなだ》の怒濤《どとう》が望まれた。京から下ってきた旅人は、この雄壮な眺めに度肝を抜かれたことであろう。白須賀、二川《ふたがわ》とも、旧街道のおもかげをよく残し、閑散としてはいるけれど、情趣のあるたたずまいである。旧東海道はいまなお日本にも残っていたのだとあらためて感じ入る。ただし本陣はどちらも跡をとどめていない。

それでも旅籠風な大きいたてものが二川の宿にあり（いま東駒屋《ひがしこまや》さんという）、この前あたりが二川の立廻《たちまわ》りの舞台になったかもしれぬ。弥次は二川の宿で中間《ちゅうげん》（武家の小者）と喧嘩《けんか》している。どこの殿様か御本陣前に小休止、あたりは人と馬でごった返し、弥次は合羽《かっ》籠《ぱかご》にけつまずいて〈悪《わり》いところへおきやがる〉と叱言《こごと》をいうと、臨時傭いらしい中間が聞き咎《とが》め、〈この野郎め、合羽籠へ土足をふみかけやァがって、太《ふて》えことをぬかしゃァがる。横っ面ァかぶりかくぞ〉この中間も江戸者だろう、威勢がいい。どうせ虎の威を借る狐だが。弥次〈ハハハ、大江山《おおえやま》の飯《めし》どきじゃァあるめえし、面ァかぶりかくも気が強《つえ》え〉〈何だこいつ、ぶち放すぞ〉〈貴様たちの赤鰯《あかいわし》でナニ切れるものか〉赤鰯は銹《さ》び刀の形容で、江戸の町人は元来溌溂《はつらつ》たる批評精神に富んでいるゆえ、形容詞も多彩であるが、その舌鋒《ぜっぽう》は武士とその周辺文化に関してはもっとも鋭くなる。抜刀する機会など殆《ほと》んどない泰平の世、武士の魂、腰間《ようかん》の秋水《しゅうすい》も、赤鰯になり果てているのを諷《ふう》してはばからない。

中間は熱くなり、〈そうぬかしゃァ斬らにゃァならぬ、コリャ角助《かくすけ》、お身の腰の物をちょっと貸しゃれ〉朋輩《ほうばい》の刀を借ろうとするが、角助は貸さず〈斬るならお身の刃物でなぜ斬らぬ〉〈ハテやかましい〉〈ハテ、吝《しわ》い男だ。どれで斬ってもいいじゃァねえか〉〈いやよくない、よくない〉〈ハテ、吝い男だ。ちょっと貸しゃれな〉〈イヤサテ、おぬしも気の利かぬ男だ。おれが本当の脇差は、槍持《やりも》ちの槌右衛門《つちえもん》へ二百文の借金の抵当《かた》に取られたを、お身さまも知っているじゃァねえか〉〈ホンにそうだ。エエコリャおのれ、打ち果す奴なれど許してくりょう。早くいけ〉〈イヤいくめえいくめえ。サア斬れ斬れ〉見物は面白がっている。中間おさまりつかず、〈エエそうぬかしゃァ、了簡《りょうけん》ならぬ、突き殺してなとくりょう〉と腰の竹光を引き抜いて突きかかるを弥次、ひっつかんで捻《ね》じ倒せば中間は〈ヤァレ人殺し人殺し……〉殿様のお立ちとみえて、集合の拍子木がカッチカッチ。喧嘩もそれぎりになり弥次たちもまぎれて逃げて、〈ハハハ、大笑いの喧嘩だ〉

脇差しの抜身は竹とみゆれども
　喧嘩にふしはなくてめでたし

その先で、窟《いわや》観音をふしおがみ、やがて吉田《よしだ》の宿へ。吉田女郎は歌でも有名である。〈吉田通れば二階から招く、しかも鹿《か》の子《こ》の振袖が〉

2

岩屋《いわや》観音は岩上にすっくと立っていられる。

青空を背景にそびえるお姿は街道を上り下りする旅人の目を惹《ひ》いた。「かすむ日や海道一の立仏」吉田の俳人、木朶《もくだ》はよんでいる。いまも繁る梢《こずえ》の先にわずかに望まれる。もっともこの観音様は戦後の再建で、昔のそれは戦時中供出された、と。

吉田はいまの豊橋《とよはし》市、すでに三河の国である。松平伊豆守七万石の城下町、ゆたかに豊《とよ》川が流れ、そこにかかる橋を豊橋《とよばし》と呼んだところから、いまの市の名になった。

新幹線の豊橋で下りて、お城はいまも残っているだろうかと豊橋公園へいってみると、隅櫓《すみやぐら》が復原されていた。ここへ来たのは二月末だったが晴れて暖い日であった。市内にはほとんど旧東海道のおもかげはない。戦災にあい、すっかり面目を一新してしまったという。

しかし豊橋の古い名物ときく「菜めしでんがく」はまだあった。新本町《しんほんまち》の「きく宗《むね》」さんへお昼に寄ってみる。ピーナツのでんがく和《あ》え、豆腐とろろなどの突き出しに、八丁味《はっちょうみ》噌《そ》を塗りつけた串《くし》ざしのでんがく豆腐が出て来た。竹串に食べ易い拍子木形《なり》の豆腐、炭火で焼いて味噌を塗りつけてあるだけのものだが、私にはきわめておいしく思われた。この店へ連れてきてくれた運転手さんは、〈まあ、豆腐料理というだけのもんでね〉といたく懐疑的であったが、私には野趣の風味、まことに意に叶《かな》った。しかし若い亀さんにはどうであろうか、この店のメニューは菜めしでんがくばかりで、豚《とん》カツ定食などはないから、亀さんはみんなの残したでんがくの串を、すっかり引き受けて食べてくれたものの、一点、釈然としない顔つきだった。

菜めしは大根の葉を乾燥させて御飯にまぜたもの、これも風味よろし、というところ。関西者の恐れるダダ辛い八丁味噌も、豆腐に塗りつけるとまこと頃合いのいい味わいである。地方で珍しい郷土料理をいただくのは、ほんとに心弾むことだ。

市内の殿田《とのだ》橋から旧道、旧東海道に入り、下地《しもじ》へ出れば、松並木も古いたてものも残っている。道がゆるやかにカーブをえがいているさま、人影もないので江戸時代の夢を見ているようだと思ったが、まだまだ先に、昔そのまま、という眺めが展開するのである。

弥次・北はこのあと大雲寺《だいうんじ》に詣《まい》っているが、これは後に大恩寺《だいおんじ》と改称された寺である。宝《ほ》飯《い》郡（現・豊川市）御津《みと》町広石《ひろいし》の御津山麓《さんろく》にあり、附近は住宅街としてひらけているが、何ともりっぱなお寺で気持がいい。高い石段の上に豪宕《ごうとう》な山門がある（愛知県指定文化財）。入れば左手に気品のある念仏堂、天文二十二年（一五五三）の建立という（重文・九四年に焼失）。大恩寺の開山は了暁《りょうぎょう》上人で、文明年間の創建というから、念仏堂の建立より、七、八十年前、何にしても戦国時代のまっただ中である。一方では外国人の宣教師も続々来日して、キリスト教伝道にとりかかりはじめていた時代。了暁上人は古刹《こさつ》浄光院《じょうこういん》を再興し、浄土宗大運寺《だいうんじ》として、三河の国の一隅に法灯をかかげる。そのあと現在の地に移って大恩寺と改称したという。このお寺は徳川家、松平家の尊信篤《あつ》く、家康や広忠《ひろただ》（家康の父）からの寄進の品々が寺の什宝《じゅうほう》になっている。品のいいお寺で、境内に紅梅白梅がさかりだった。弥次・北の時代はここは甘酒が名物であったというが、いまは何もない。

音羽川《おとわ》にかかる御油《ごゆ》橋を渡れば、御油《ごゆ》の宿。この先、赤坂《あかさか》の宿とは十六町しか離れていず、東海道の宿駅の中では最短距離である。「夏の月　御油より出でて赤坂や」というのは芭蕉の句。赤坂とともに、飯盛女が多くいたことで有名である。広重の御油の絵は「旅人留女」、夕闇せまる街道を飯盛女が旅人の包みをひっとらえ、袖《そで》をひっぱり、して引きとめようとする。『膝栗毛』によれば「いづれも面をかぶりたるごとく、ぬりたてたるが、袖をひいてうるさければ」弥次一首、

その顔でとめだてなさば宿の名の
　御油るされいと逃《にげ》て行《いか》ばや

『改元紀行』には、

「御油より赤坂までは十六町にして、一宿のごとし。宿に遊女多し。おなじ宿なれど御油はいやしく、赤坂はよろし。此辺よりかみつかた、すべて女の笄《かうがい》ながくして江戸の風俗に異也《ことなるなり》。江戸絵のむかし絵みる心地す」

ちょうど『膝栗毛』初編の刊行された享和二年（一八〇二）滝沢馬琴は上方旅行をした。その『羇旅漫録《きりよまんろく》』には赤坂・御油の飯盛については書いていないが、近くの吉田宿・岡崎《おかざき》宿のそれについて記している。まん中の御油・赤坂も同じようなものであろう。彼女らは夏は越後《えちご》ちぢみに同じ縞《しま》の前垂をかけ、手に団扇《うちわ》を持って「夜行す」とある。妓《おんな》はことごとく伊勢から来たので、伊勢訛《なま》りであったと。今切《いまぎり》（浜名湖の渡し舟）の渡しを経て西は、「人物その外、江戸にあらず、京にあらず」という風躰《ふうてい》であったと。

弥次たちは御油で日も暮れたので、北八が先に赤坂まで一っ走りして、いい宿を取ることにした。弥次はややくたびれ気味なので、あとからゆっくりいくことにする。北八は宿へ着いたら迎えの人を出そうとうち合わせる。

こういう時でも弥次は意地汚なく、〈宿はどうでもいいから、たぼ（飯盛女）のありそうなうちにしやれ〉〈のみこみ山、のみこみ山〉と、二人はよく気が合う。北八はさっさとかけぬけて先へ。弥次、ぶらぶらとゆくうち、「あまりにくたびれければ」茶屋へ腰かけ、茶店の婆《ばあ》さんに、〈モシ、赤坂まではもう少しだの〉〈アイ、たんだ十六丁おざるが、お前一人ならこの宿《しゅく》に泊らしゃりませ。この先の松原へは悪い狐が出おって旅人衆がよく化かされ申すは〉〈そりゃァ気分のいい話じゃねえな。しかしここへ泊りたくても連れが先へいったから仕方がねえ。エエ大したこたァあるめえ、やらかしてくりょう。アイお世話〉――この〈アイ、お世話〉は茶店を出るときの挨拶《あいさつ》で、茶だけ飲んで立つときは茶碗《ちゃわん》に一文入れることになっていたと。軽い挨拶が中々スマートでいい。

弥次、一人ゆくうち暗さは暗し、気味悪し、化かされまいと眉毛《まゆげ》に唾《つば》をつけながらゆくと、はるか向うに狐の啼《な》く声、〈ケーン、ケーン〉弥次〈そりゃ、啼きやがるは。おのれ出てみろ、ぶち殺してくりょう〉力みかえってゆくと、一方北八もここで狐が出るということを聞き、化かされてもつまらぬ、弥次を待ち合わせて連れ立っていこうと上手に腰をかけ、煙草を一服やっていた。そこへ弥次が来たので、北八〈オイオイ、弥次さんか〉弥次〈オヤ手前《てめえ》、なぜここにいる〉〈宿取りに先へ行こうと思ったが、ここへは悪《わり》い狐が出るということだから一緒にいこうと思って待ち合わせた〉

弥次は、こいつ、北八に化けた狐だと思い、〈くそをくらえ、化かされてたまるものか〉〈オヤ、お前《めえ》何をいう、そして腹がへったろう、餅《もち》を買って来たから食いなせえ〉

北八は年上の弥次にいつも袖を引きとめられたり仲裁してもらったり、詫《わ》びごとをいってもらったりして世話になっているが、その代り、弥次の腹具合を察してやさしみを示すのも、今まで見てきた通り、ただし、この場では弥次、そんな古い手にのるもんかとばかり、〈馬鹿ァぬかせ、馬糞《ばふん》がくらわれるもんか〉〈ハハハ……、これ、おれだわな〉〈おれだもすさまじい。北八にそのままだ、よく化けやァがった、畜生め〉〈アイタタ、弥次さん、コリャどうする〉〈どうするもんか、ぶち殺すのだ〉と北八をつき倒して弥次その上に乗りかかれば、北八〈アイタタ〉〈痛かァ正体をあらわせ〉〈アレサ、尻《しり》へ手をやってどうする〉〈どうするもんか、尻尾《しっぽ》を出せ、出さずばこうする〉三尺手拭《さんじゃくてぬぐい》を解いて北八の手をうしろへ廻《まわ》して縛る。北八、おかしくなって縛られたまま、赤坂の宿へ入ったが、〈コウ弥次さん、いいかげんに解いてくんな。外聞《げえぶん》の悪《わり》い。人がきょろきょろ見て悪《わり》いはな〉〈エエくそをくらえ、ハテ宿はどこだしらん〉〈ナニ、おれはここにいるものを誰が先へ宿をとっておくものだ〉〈まだぬかしやァがるか、畜生め〉

弥次は犬をけしかけてみる。狐ならぬ北八はいけしゃあしゃあとしているので、〈さてはほんとうの北八か〉〈しれたこと。悪い洒落《しゃれ》だ〉やがて宿へ入って、弥次〈ホンに北八、了簡《りょうけん》しや。おらァ実に、ほんとうの狐だと思いつめた〉〈ばかばかしい目にあった。いまだにこの手首がぴりぴりする〉〈ハハハ、しかし待てよ。こうはいうものの、やっぱりこれがばかされているのじゃァねえか〉

弥次の疑惑は消えない。亭主を呼んで、ここのうちは卵塔場《らんとうば》（墓地）ではないかといい、湯へ入れといわれると〈糞壺《こえつぼ》へいれようと思って〉と疑い、〈お淋《さび》しかァ、女郎さんがたでもお呼びなされませ〉とすすめられると〈ばかァいうな、石地蔵を抱いて寝るこたァいやだ〉と気をゆるさない。

そのうち、ここの家で婚礼がはじまる。甥《おい》に嫁を貰《もら》ったというので酒肴《しゅこう》のサービスがある。弥次は警戒しているが、北八がむしゃむしゃとやるのに釣られて〈どうもこらえられぬ、馬の小便だろうとアアままよ、やらかせ〉と飲み食いする。離れ座敷では婚礼がはじまったとみえ、〈相《あい》に相生《あいおい》の松こそめでたかりけれ〉と謡《うた》いの声。——やがて、夜ふけとなり、襖《ふすま》一つの隣座敷に新婚夫婦が寝る様子。弥次・北、あさましく聞き耳たて、ついに襖のすき間から覗《のぞ》こうと争って襖は隣室へ倒れ大さわぎ。

## 3

御油は旧街道の面影をとどめる古い家がつづく。(ここはベルツ博士の夫人花さんの出身地で、「実家跡」の標示があった)横町から中町へ折れるとここが旧東海道である。道路こそ舗装されているものの、両側の家々は二百年、三百年の夢を降り積らせ、冬の青空のもと、静かに瞑目《めいもく》していた。みな戸を閉ざし路上に人かげもない。一軒、階下はガラス戸ながら二階は細い連子《れんじ》格子で、むかしの旅籠《はたご》のような造りの家があった。軒の古い看板が右書きであるのもなつかしい。「味噌溜大勉強……商店」――この道をそのままゆけば江戸の世界へ入るのではないかと思われた。町をかこむ山も川も美しい。家並みが尽きたところに「天然記念物　御油の松並木」の石碑《せきひ》があり、ここから赤坂へみごとな松並木がえんえん六百メートルにわたって続く。

これこそ海道一の景観といえよう。ここまできて、東海道を取材してきた甲斐《かい》があった、という気になった。二抱え三抱えというような松の巨木が亭々とそびえ、枝をさしかわしあって昼も暗いばかり、松のなんと青々としていることだろう。このたびの取材旅行では美しい松をかずしれず見ることができたが、ことにもこの松並木は目も心も洗われるようだ。慶長九年（一六〇四）に徳川家康の命で植えられ、旅人が夏は暑さを凌《しの》ぎ、冬は寒風を防ぐようにとて、心して管理されてきたのである。戦時中、燃料に苦しんだ時代も、昭和十九年天然記念物に指定されたおかげで伐採をまぬがれたという。戦時中の金属供出では、勿体《もったい》ないみ仏や鐘まで供出され、鋳つぶされたというのに、よくもはかない松並木が残ったことだ。

いまも豊川市民や学生たち、御油松並木愛護会の人々の手によって補植が行なわれ、現在大小あわせて三百五十九本あるそうである。防虫剤か栄養剤を与えるのか、薬液を注入されている松もある。若木が枯れ気味で、老松ほど樹勢さかんだった。正確にいえば愛知県豊川市御油町一《いち》ノ橋《はし》、名鉄《めいてつ》御油駅、名電赤坂駅《めいでんあかさか》というのが最寄り。年配の紳士がハイキングのいでたちで、〈国府《こう》から歩いてきました〉といわれていた。

――松並木をあるけば、全身かぐわしい松脂《まつやに》の匂いに包まれる。ちらちらする木洩《こも》れ日をふみつつ、私たちを送り迎えする松の一本一本に、親しみこめた挨拶を送らずにはいられない。それにしても何という美しい道路だろう。

安永四年（一七七五）に来日したツンベルグ、日本の医学・植物学の恩人といわれた彼は、その著『日本紀行』（山田《やまだ》珠樹《たまき》氏訳）に、日本の道路を讃美《さんび》している。

「この王国内いずこに於いても道路は非常によく手が入っていて道幅広く且排水のために

溝がついている。……欧州の如何なる国に於いても、日本に於ける如く、愉快に且つ容易に旅をしうることなきことを断言しうる。尤もこの国では欧州の如く道路を破壊する馬車の用を知らないのだから、それだけ道路の維持が容易である。……欧州の道路が放任されているのに反して、日本の道路はあらゆる点で愉快な趣を呈していることは、正銘の事実なのである。又この賢明なる設備をして呉れた行政者の名が大理石に刻されている如きことがないのも事実である。それも、この行政者が凡て自分の義務を遂行したに過ぎないと信じているからなのである」

赤坂の宿へ入れば、ここも昔ながらの町並みのなか、ひときわ目を引くのが旅館大橋屋《おおはしや》、旅籠《はたご》のたてものもそのままに、いまも旅館を営業していられるという（二〇一五年に閉館）。現当主は十六代目の青木栄氏。たてものは正徳五、六年（一七一五－一六）頃の建築といわれる。明治四年ごろまで、やはり飯盛女を置いて営業していたそうである。太い柱の間に、「御宿所　大橋屋」、内部《なか》へ入れば柿色ののれんがそよいで奥には天井から駕籠《かご》が下がっている。黒光りする板の間の帳場に、大橋屋さんの「お家はん」というべき老刀自《とじ》が、長火鉢を前に坐《すわ》っていられた。

お二階をみせて頂く。正面、よく拭《ふ》きこんだ大階段、この段間はおどろくべく高い。縞《しま》の布子の着物（ということは、すべりが悪いということだ）を着、前垂れをしめた女中さんが、両手に膳《ぜん》を捧《ささ》げて階段を上り下りするには輓馬《ばんば》のようなエネルギーが要るだろう。二階は三畳に四畳半くらいの小間がいくつも並んでいるが、廊下に貼られてある天保《てんぽう》時代の図でみると、昔はもっと規模は大きかったようだ。

角行灯《かくあんどん》に角火鉢、煙草盆、障子、煤竹色《すすたけいろ》の床柱、小さい床には古びた大黒サンの木像が黒光りしてつくねんと据えられている。天袋の唐紙は色目も分らぬほどくすんでいた。お掃除がゆきとどき、畳も新しいので気持のいい宿ながら、歳月は礼儀正しくこの家を雅《みやび》やかに煤《すす》けさせている、という感じであった。

〈私がお嫁にきましたころは松並木が昼も暗いほど繁って、何という淋しい所だろうと思いましたよ〉

というおばあさんのお話、さてこそ弥次の化け狐の騒ぎもありそうなことに思われた。ここの土間で売っているお菓子〈宿場の月〉がおいしかった。上品な饅頭《まんじゅう》。ネーミングもいい。

昔は飯盛女でにぎわったこの宿場町も、今は白昼、人かげもなく、その静寂を破って十二時のサイレンが鳴り哮《たけ》る。お昼にしようと、そこから遠からぬ音羽町役場前の手打うどん・そばの〈赤坂庵〉にはいる。〈やじきたうどん〉というのがあり、私たちは躊躇《ちゅうちょ》なくそれにきめた。味噌《みそ》あじ豚肉入りというのである。

豚《とん》カツ定食がこの店にはないので、亀さんはその代りにわらじうどんを選んだ。味噌あじ豚カツ入り、と書いてあったからである。心たのしく待っているとかなり濃い色合いの豚汁《とんじる》ふうの丼《どんぶり》で、その中にうどんがあるという趣向、お味はまことに適切でまったりした味噌あじ、豚肉が二つずつ繋《つな》がって何きれか入っていた。二つ繋がっているところが振り分け荷物風というか、二人連れ風というか、やじきたうどんの謂《い》われがわかったわけである。わらじうどんというのは、ほんとにわらじ大ほどの豚カツがうどんの上にのっかって、これも濃い色のお汁《つゆ》に浮いていた。私たちはそのボリュームに圧倒されたが、亀さんはもちろん、たちまちきれいに平げた。味噌あじがおいしかったというのは、親切に添えられてある陶器の散蓮華《ちりれんげ》で、私はお汁もたっぷり賞味したほどだったからである。鄙《ひな》に稀《まれ》なる、というと失礼に当るだろうか。御油から赤坂、春あたりゆっくり歩きたいところだと思った。音羽川沿いの桜が咲いたら美しいながめになるだろう。日本の山川《やまかわ》の典型ここにありという感じ。

ガイドブックには大橋屋の向いに、昔、馬を繋いだ鉄環があると書かれているので捜したが、どこにも見当らない。すると道路沿いの安藤理容店の方が、家を改築する際、取ってしまったと、さしわたし七センチばかりの鉄環を奥から持って出て見せて下さった。

『分間延絵図』で見ると、このあたり、赤坂宿の高札場があって、つまり宿場のセンターだったわけである。広重描く赤坂は「旅舎招婦《しょうふ》ノ図」。画面中央に中庭の蘇鉄《そてつ》、右の部屋では飯盛女たちがお化粧に余念なく、曲り廊下の左の部屋では両手に膳を捧げて敷居でひざまずく女中、按摩《あんま》、煙管《きせる》をくわえて横たわる旅人、廊下には湯上りらしい片肌ぬぎの旅人、夕刻の宿屋の活気を写して躍動的な画面。奥に階段がみえるが、これもかなり段間が高い。下りてくる男の足もとをはだけた裾《すそ》が描かれている。

4

藤川も折々古い家の残る旧街道筋であるが、いま脇本陣は復旧工事中だった。国道1号線と旧東海道は離れたり合流したりしつつ、やがていよいよ岡崎へはいる。ここも私は初めてだ。

「こゝは東海に名だゝる一勝地《いっしょうち》にて、殊に賑《にぎは》しく両側の茶屋、いづれも綺麗に見へたり」

と『膝栗毛』にある。弥次・北、腹が北山とて茶店へ入り、鮎《あゆ》の煮びたしで食事する。

〈こいつは旨《うめ》え。そして豪的《ごうてき》に白いめしだ〉と弥次は満悦し、北八は〈エエ外聞《げえぶん》の悪《わり》いことをいう。アレ女が笑っていかァ〉とたしなめるが、久しぶりに都会的な食事をしたということだろうか。岡崎は「女郎衆」でも有名である。〈岡崎女郎衆はよい女郎衆〉と歌にもあると。茶店の奥では〈チッテレトッテレ〉と三味線入りで大酒盛、近在の客三人ばかりがこの宿に居続け、ここまで敵娼《あいかた》の女郎が送ってきて別れの宴《うたげ》、というところらしい。北八、このていをみて一首、

三味線の駒にうちのり帰るなり
　岡崎女郎衆買ひに来ぬれば

現在の岡崎は明るいのびやかな感じの都会である。岡崎の町へ入れば「家康と三河武士のふるさとへようこそ」という標柱が立っていて、あっ、そうだ、と思わされる。本多家《ほんだ》五万石の城下町、ここは徳川家にとっては聖なる土地で、江戸時代人は特別な関心を払っていた。家康はこの岡崎城で生まれ、今川家に人質となって生い立ち、苦難と隠忍を重ねて再び岡崎城へ帰ることができた。岡崎は徳川幕府発祥の地なのである。東海道の要衝ではあり、代々譜代が城主となって、知行こそ五万石と小規模であるものの、勢威を振《ふる》い、

幕閣の要職についている。俗謡に〈五万石でも岡崎様はお城下《しろした》まで船が着く〉とうたわれるのである。

岡崎公園の南、乙川《おとがわ》のそばに花崗岩《かこうがん》でできた、可愛いい帆掛舟の彫刻が据えられている。ここが昔の舟着き場だという。ほんとにお城の真下である。

城は明治維新にとりこわされたが、戦後復原された。三層五重の天守閣そのほかが秀でた姿で青空にそびえ、それを背に陣羽織・腹巻姿の家康の立像がある。

出るだろうなあ、と思っていたら、やっぱり出た。「東照公遺訓碑」という長大でおごそかな石碑《せきひ》が建っている。

〝人の一生は重荷を負うて遠き道を行くがごとし　いそぐべからず　不自由を常と思へば不足なし　こころに望みおこらば困窮したる時を思ひ出すべし　堪忍は無事長久の基　いかりは敵と思へ　勝つ事ばかり知りて敗くることを知らざれば害その身にいたる　おのれを責めて人を責むるな　及ばざるは過ぎたるよりまされり〟

銅像の家康はいかにも右の教訓をいいそうな顔をしている。いい方を変えれば、右のいましめを具象化すれば、銅像の家康の風貌《ふうぼう》になる。この石碑だけの写真をみればわからないが、実物の巨大なことといったら、台座の霊亀《れいき》（こちらは石の亀さんである）の頭だけでも私の身長の半分くらいあった。

ここにはもう一つ、「家康公遺言」の石碑というものも建っている。これは横長の碑《ひ》である。

〝わが命旦夕《たんせき》に迫るといへども　将軍斯《か》くおはしませば　天下のこと心安し　されども将軍の政道その理にかなはず　億兆の民　艱難することもあらんには　たれにても其の任に代らるべし　天下は一人の天下に非ず　天下は天下の天下なり　たとへ他人天下の政務をとりたりとも四海安穏にして万人その仁恵を蒙らばもとより家康が本意にして　いささかもうらみに思ふことなし

元和二年四月十七日

家康公七十五歳於駿府城〟

――私は家康研究家でも戦国時代評論家でもなく、時代作家でも歴史学究でもないので右の遺言が本当に家康のものなのかよくわからない。しかし正直のところ、一点、(そーかなー。本当に怨《うら》みに思わない？)

という気はある。立派すぎはしませんか、という気がする。浪花庶民はアホで、いまだに大坂城落城を痛嘆して「家康をののしる会」などやっており、阪神《はんしん》タイガースの負けたのも、天気の悪いのも、みな家康の狸おやじ（大阪人はタヌキといわず、タノキと発音する）のせいや、と論説をしめくくるぐらいであるから、伝統的に太閤《たいこう》はん贔屓《びいき》で、家康嫌いである。私はそんな気質はないと思ってはいるものの、あまりにリッパすぎると、眉《まゆ》に唾《つば》をつけたくなってしまう。それから、また、こういうリッパなことをいう人は、子供のある人なんだという感慨に打たれてしまう。事業を継承する子孫に恵まれたということは、リッパなことをいい、してみせたりしなければ恰好《かっこう》つかぬ、というところがあるだろう。

そこへくると、リッパでもなく、事業を継承する児孫にも、事業にも恵まれぬ弥次・北は、あいかわらぬ陋劣矮小《ろうれつわいしょう》な精神でもって、けちくさいいたずらをやって楽しんでいる。矢矧《やはぎ》橋を越え、今村の立場《たてば》につき、ここは砂糖餅《もち》が名物とて、北八、〈オイこの餅はいくらずつだ〉亭主〈三文でおざります〉〈こいつはやすい。こちらの鶉焼《うずらやき》（焼餅という）はいくらだの〉〈それも三文〉〈イヤこれは三文では高いようだ。ナントご亭主、こうしなせえ。これを二文にまけてくんなせえ。そのかわりそちらの丸い餅は四文に買いやしょう〉亭主はへんちきなことをいう奴だと思ったが、どちらにしても損はいかぬことだから〈ハイようおざります。お取りなさりませ〉北八、煙草入れから小銭を二文とり出し、〈四文あらば、丸いのを買おうと思ったが二文あるからこの鶉焼にしやしょう〉と取って食べながらゆく。弥次〈ハハハ、こいつは北八でかした。さすがの亭主も肝を潰《つぶ》していやァがった〉〈ナント知恵はすさまじかろう〉〈へ、べらぼうめ。おれもその位な事をしかねるものか〉

わづかでも欲にはふける鶉焼
三文ばかりの知恵をふるひて

セコい詐欺をやってしようのない男どもである。ここからは八橋《やつはし》の旧蹟《きゅうせき》を思い、池鯉鮒《ちりふ》の宿駅へ。弥次は草鞋《わらじ》で足を痛めたものだから藁草履《わらぞうり》を求めようという。亭主〈十六文でおます〉この亭主、伊勢者で商い巧者《こうしゃ》、口もうまい。こういうのを弥次は相手にしてさっきの北八の手口で負けさせようと、一足分の藁草履、片方はちょっと大きいから九文、小さい方を七文に負けろといい、七文の方を買うと。亭主、片方だけでは売られぬ、それならこれを、と、馬の藁沓《わらぐつ》、一足七文で売るという。弥次〈エエ、馬の沓がはかれるものか、人じらしな〉北八〈ハハハ、こいつは大笑いだ。おいらが真似をしようと思っても餅ならいいが、草履片々《かたかた》が何になるものだ〉トド十四文で草履を買うというしみったれ。

有松《ありまつ》に至れば絞《しぼり》の名物、二人はたんと買うつらをして手拭《てぬぐい》分二尺五寸を買い、鳴海《なるみ》から笠寺《かさでら》観音、やがて宮《みや》の宿《しゅく》に着く。尾張の国、愛知郡《えちごおり》、熱田の宿。熱田の宮があるので宮の宿という。今の名古屋《なごや》市熱田区である。

私たちは岡崎市を出て矢作橋《やはぎ》を越えた。現代の矢作橋上は、おびただしい交通量で、大型トラックが恐ろしいばかり往来する。

昔の矢作《やはぎ》大橋は長大なものだった。シーボルトは書いている。

「広き砂磧に中断されたる川床を越えて日本国最大の橋を築きたり。此橋《このはし》は甚《はなはだ》堅実にして、日本にて甚《はなはだ》貴重さるる欅《けやき》及び檜《ひのき》を用ひ、此地《この》の藩主の命令にて作りしものにて、七十五の弓桁《ゆみけた》より成り、その長さは余の計算にては九百三十巴里尺、日本人の言ふ所にては二百八間なり。その横幅は凡そ先づ三十尺と推定したり」

橋の図も入っている。真中に番屋のある橋は、ゆるやかな美しい弧《こ》を描き、向うの端は霞《かす》むほどである。二百八間は三百七十八メートル。広重の絵は画面左隅から右上にかけてのびやかに繋がる橋上を、大名行列がゆく。

われわれ日本人は、矢矧橋というと、日吉丸《ひよしまる》と蜂須賀小六《はちすかころく》の名を思い出す。夜の矢矧橋上にむしろをかぶって寝ている人影、折から通りかかった夜盗の群れ、首領の小六が、槍《やり》でむしろをはねのけてみると、その人影はむっくりはね起き、〈何奴だ、無礼者〉と啖呵《たんか》を切る。見るとほんの少年である。〈肝の太い小童《こわっぱ》だ〉と小六は舌を捲《ま》く。これが縁で、日吉丸と小六は肝胆相照らす。日吉丸こそ、のちの太閤秀吉である、というエピソード。

昔の橋は、現代の橋より百メートルほど下流に少し橋杭《はしぐい》が残っていた。

もう一つ、さきに蒲原《かんばら》で見た浄瑠璃《じょうるり》姫の墓、姫はここ矢矧の長者の娘であったという。

旧東海道、矢作川を渡って西行すれば右手に誓願寺《せいがんじ》、「浄瑠璃姫菩提所」の石柱が建っている。お寺はいま保育園も営んでいられるらしいが、門を入って右手に古い墓があった。弥次・北は歌枕の八橋へは寄っていないが、ここまでくれば、『伊勢物語』の古蹟《こせき》をたずねなくては。

知立《ちりゅう》市八橋《やつはし》町。その名を聞くさえゆかしい。『分間延絵図』で見ると、八橋村は街道から北である。来迎寺《らいこうじ》村から北へ延びる道があり、「八つ橋村江《え》五丁」とある。

タクシーで走っていると、ちょうどその書きこみのあたりに石の道しるべがあった。「従是《これより》四丁半北八橋　業平《なりひら》作観音有《あり》」来迎寺町のシグナルの真下、横断歩道の白いガードレールの内側に立っている。「元禄九丙子《ひのえね》年六月吉祥日」の年紀をみつけたときのなつかしい興趣を何にたとえよう。元禄《げんろく》九年といえば一六九六年、約三百年以上前である。

『伊勢物語』には、

「三河の国、八橋といふ所にいたりぬ。そこを八橋といひけるは、水ゆく河の蜘蛛手《くもで》なれば、橋を八つ渡せるによりてなむ、八橋といひける。その沢のほとりの木のかげに下《お》り居て、乾飯《かれいひ》食ひけり。その沢にかきつばたいとおもしろく咲きたり。それを見てある人のいはく、『かきつばたといふ五《いつ》文字を句のかみにすゑて、旅の心をよめ』といひければ、よめる。

からころも　きつつなれにし　つましあれば
　はるばる来ぬる　旅をしぞ思ふ

とよめりければ、みな人乾飯の上に涙落してほとびにけり」

　この一節あるがために、八橋という固有名詞は、後世の人の心にかぎりなき風興を喚起することとなった。文学に、美術工芸に、八橋は典雅なモチーフを提供する。

　私たちは元禄九年の石の道標に従って北へ向う。五百メートルばかりで無量寿寺《むりょうじゅじ》に着く。境内の庭園は江戸期のものであるが、杜若池《かきつばた》には、いまの季節、むろん花はない。ここにも八橋古碑《こひ》があり、業平の故事をのべてあったが、これまた宇津の谷峠の「蘿径記《らけいき》」の碑と同じく、固苦しい漢文であった。芭蕉と知足《ちそく》の連句碑《れんくひ》もある。

　蜘蛛手に流れる川にかけたという八つの橋も、今はすべて失なわれたが、業平伝説に心ひかれて旅人はここまで杖《つえ》を曳《ひ》くのである。

　二月末の三河の国は温暖でよく晴れている。

　池鯉鮒《ちりふ》の馬市は有名で、旧道に今も「馬市之趾」の碑がある。有松、鳴海、とりたてて見るべきものはなく、広重の「有松絞」の絵では色とりどりの美しい絞り染めが描かれていたっけが、いま、それらしい店も見当らなかった。
疲労困憊《こんぱい》して名古屋市入り。やっと尾張名古屋に着いた（もっとも東海道は名古屋を通らない）。

5

宮の宿《しゅく》に着いた弥次・北、旅籠《はたご》に草鞋をぬぐとすぐ風呂《ふろ》をすすめられる。女中が茶を持ってくる。このへん、現代とかわらず、実に能率的であるが、江戸時代の旅籠へはいろんな人が出入りするとみえ、座頭の按摩《あんま》がくる、寄附の勧進にくる、瞽女《ごぜ》が三味線を鳴らして伊勢音頭をうたう、旅人のふところをあてにする人間も宿駅には多いのである。弥次、按摩に揉《も》ませている間、北八は歌に合せておどっては、足で按摩のあたまを撫《な》でるという、ろくでもない悪戯《いたずら》をする。北八が代って按摩に揉んでもらうと、按摩は歌いながら北八の耳に指をつっこみ、聞こえぬようにしておいて〈こいつがさいぜん、われらがあたまを足《あし》蹴《げ》にしくさった、はっつけ野郎め、うぬがような野郎はろくな死に方するまい、あげくの果は首でも吊《つ》るじゃろ〉耳の穴から指をスポンとぬいて、〳〵やっとのせ、やっとのせ……と歌えば、北八、悪口をいわれたとも知らず、〈ヤンヤ、ヤンヤ、面白《おもしれ》え〉

ここでまたもや瞽女のところへ忍びこもうとした弥次、目がみえぬだけに警戒心の強い瞽女に〈ぬす人、ぬす人〉とわめき散らされて宿屋中目を覚ます。知らぬ顔で夜着を引っかぶって寝たものの、瞽女の枕元から弥次の褌《ふんどし》が長々と敷居越しに隣室のわが枕元まで落ちているというお粗末。「亭主もさてはと承知して、心のうちにおかしく思ひながら、『イヤもふ旅の事でおざりますから、お互ひにお気をつけて御用心なさるがよい』」

明ければいよいよ宮の渡し。伊勢湾の海上七里を四時間かかって伊勢の桑名《くわな》へ向わねばならぬ。舟賃は一人四十五文ずつ、四、五十人の乗客。弥次は〈舟ではなぜか小便をするのがこわくて、そして根ッから出ねえには困る。七里乗るというもんだからこらえてはいられず、どうしたものだろう〉というと、宿の亭主は竹の筒を切って渡してくれた。それにあてがって用を足せという。

「おのづから祈らずとても神ゐます
　宮のわたしは浪風もなし

かく祝《しゆく》しければ乗合みな〳〵いさみ立ち、やがて船を乗出して、順風に帆をあげ、海上《かいじやう》をはしること矢のごとく、されど浪たひらかなれば、船中思ひ〳〵の雑談《ざふだん》に、あごのかけがねもはづるゝばかり、高声《かうしやう》に笑ひのゝしり行《ゆく》ほどに、商ひ舟、幾艘となく漕《こぎ》ちがひて、『酒飲まつせんかいな。名物蒲焼きの焼き立て、団子よいかな。奈良づけで飯食はつせんかいなく』」とにぎわしい。

弥次は昼寝からさめて用を足そうと竹の筒をあてて小便したが、これは船外へ向けて放流するものであるのに、弥次は竹筒を溲瓶《しびん》の如く心得、まさか火吹竹のように節なしとは思わなかったからたまらない、「船中小便だらけとなり、乗合みなくきもをつぶし」騒然となる。船頭〈誰じゃぞい、小便をしたのは。舟玉《ふなだま》さまが汚《けが》れる。早う、コレ、拭《ふ》かっせえな。エエソレ、まだ竹の筒から落ちる、それも抛下《ほか》してしまわっせえな〉と叱られ、弥次まごまごして褌をはずし、そこらを拭く。船中失敗の巻。品のわるい笑いの趣向だが、なぜかこの段有名で、読者に好意を以《もっ》ておぼえられている。

弥次さんらの船が桑名へ着くまでに、私たちは宮の渡しと熱田神宮へいってみる。七里の渡しはいま「宮の渡し公園」として名古屋市熱田区内田町《うちだ》に美しく復原されている。常夜灯は戦後の復旧だが、もとは寛永二年（一六二五）に建てられたとのこと。ここには常時七十五艘《そう》の渡し舟があって旅人を送り迎えしたという。

海水漫々といいたいが、今は海は埋めたてられ、工場や住宅街になっていた。

熱田神宮は草薙剣《くさなぎのつるぎ》がご祭神である。三種の神器の一つ。神域に、羽根の色も美しい矮鶏《チャボ》が放し飼いされて群れているのも、古格の神韻があった。『改元紀行』には「左の方に熱田の大鳥居あり。たちいりてみまほしけれど、舟にのらんといそげばかひなし」とある。『東関紀行』には、

「神垣のあたり近ければ、やがて参りて拝み奉るに、木立年古りたる杜《もり》の木の間より、夕日のかげ絶え絶えさし入りて、朱《あけ》の玉垣色を変へたるに、木綿四手《ゆふしで》、風に乱れたることがら、物にふれて神《かん》さびたる……」と。ここも古いお社で剣と共に天照大神《あまてらすおおみかみ》、素戔嗚尊《すさのおのみこと》、日本武尊《やまとたけるのみこと》など五柱の神を祭るものである。広壮で森厳でそれでいて明るい感じのお社であった。昔、ここの宮司の姫の一人が義朝《よしとも》の妻となり、頼朝を産んだことなど思い出す。

　このお社に比べれば近くの笠覆寺《りゅうふくじ》、笠寺《かさでら》観音は庶民的なお寺である。旧東海道に面してにぎやかな大寺、「南無十一面観世音菩薩」の幟《のぼり》が数十本林立してはためき、境内には別にお祭でもないのに参詣《さんけい》人の姿が多い。ご本尊は笠《かさ》をかぶっていられるという。本堂の前の大香炉で私はたちのぼる香煙を頭上へ送りこみ、いささかでもご利益のあるように念じた。どうぞこの道中記、つつがなく脱稿しますように、と。

　そのせいかどうか、おみくじを引いたら、

〈久困《きゅうこん》　漸《ようや》く　能《よ》く安んず〉

というのが出た。久しい苦労もやっと万事安心できるだろうという意味らしい。しかも、〈残花《ざんか》　終《つい》に実《み》を結ぶ〉

とつづく。今までは仇花《あだばな》で実を結ばなんだが、残りの花でやっと結ぶであろうという注釈が、親切に添えられている。妖子は目を輝やかせ、

〈よかったっ。では何とか、でき上がるということですねっ〉

自分の職務遂行上、支障なかるべしという観音さんのお告げに、まずほっとしたらしい。

私のほうはそのうしろに続く、

〈時亨禄《じこうろく》　自《おのずか》ら遷《うつ》る〉

――四季のうつりゆくごとく、知行財宝もわが身の上にめぐりくるなり、という文面に注意したい。順当にギャラが支払われるであろう、というくだりが、いたく私の心に叶《かな》ったが、私がそこを読みあげても、妖子はじめ皆々関心はないらしく、耳にも入れない。

お昼を名古屋で食べることにする。名古屋もおいしいものの多いところだが、ことに名物と聞く味噌《みそ》煮込みうどんを食べようと一致する。赤坂のが旨《うま》かったという思い入れがある。

いってみるとお昼どきとて店は満員、しかしどうも旅行者はいないようだ。地元の人々ばかりらしい。私たちはおでんと煮込みうどんをたのんだ。

やがて運ばれてまいりましたしろもの。

色がすごい。何ともすごいんだ。

ぬかるみ色なのだ。ブラックコーヒイ色というか、これは泥流うどん、味噌泥うどんとでもいうべきか。何と濃い色、八丁味噌の色そのまんまの汁の中に、うどんが浮きつ沈みつしている。ドドメ色なんてもんじゃなく、黒闇々《こくあんあん》、インド鴉色《がらすいろ》という按配《あんばい》、おでんも同じ。竹輪もこんにゃくも、みな同じ色に泥をかぶっていて、食べてみなければ、その素材の区別がつかない。しかもその辛いこと。

〈わかりました、これは御飯と食べるものなんですね、みな、そうやってます〉

個人的行動に興味を有するひい子はあたりを観察して報告する。

〈これはオカズなんですね、名古屋では〉

ひい子は早速御飯を注文し、無論、亀さんも同《どう》じた。そうして、

〈うん、これならいけます〉

ひい子はうどんのお汁《つゆ》、イカのスミの如きやつを御飯にまぶしかけ、

〈これで辛くない〉

なんていったりして、もう、ことごとく私には常識外れでエグい体験だった。妖子はとみれば、これがだまってにっこり食べているので、これにもビックリする。

みかけによらない、というものが世の中にはあるのだから、——と私も気をとり直して食べてみる。大阪のうどんは澄み切った薄い琥珀色《こはくいろ》のお汁《つゆ》の中に白いうどんがちらちらと、木の間の山桜のごとく仄見《ほのみ》える美しい風情だが、これは泥流の中に箸《はし》をかきまわして引っぱりあげないと、底に何が沈んでいるか分らないというしろもの。

やっとひとすじつまみあげて食べてみたが、辛い上になま煮え、芯《しん》があってからくてかたいうどんとは、実に何ともはや。私はただひたすらに不条理と観じ、人生の悲哀を感じ、名古屋人の真意をはかりかね、哲学的懐疑を抱くに至った。しかも周囲の地元の人々は嬉々欣然《ききききんぜん》と、その泥みそうどんをすすりこんでいるではないか。これがノーマルな人間の摂《と》る食べものであろうか。名古屋人はマゾとしか思えない。

〈みそうどんからきに堪えてすすりこむ　みそにはあらでマゾというべし〉

ところが私にもマゾっ気があると発見したのは、これをがまんして食べてるうち、からさの中にいうにいえぬ旨みが感じられ出したのである。それに釣られて泣きながら食べた。とにかく物凄《ものすご》いしろものだった。

# お伊勢さん参り

## 1

桑名は焼蛤《やきはまぐり》の名物、弥次さんらは無事着いて祝い酒を一ぱい、ここの蛤の焼きかたは箱のような囲炉裏の中へ蛤を並べ、松かさをつかみこんで、あおぎたてて焼くという。弥次・北、二人でふざけるうち、焼蛤が弥次のふところへ飛びこみ、〈アッツ〉股引《ももひき》の前の合せ目を開くとやっと蛤はぽったり落ち、北八、〈ハハハ、まずは安産でおめでたい〉〈しゃれ所じゃァねえ、とんだ目にあった〉

桑名は松平下総守十一万石の城下町、伊勢の国である。七里の渡しで伊勢湾を横切って桑名へ上陸するや、舟着き場にははや伊勢神宮の「一の鳥居」が建っている。

すでにお伊勢まいりの気分である。南畝《なんぽ》も「左のかたに太神宮の大鳥居あり」としるす。この南畝、七里の渡しを渡るのに、さすが公用の旅だけあって舟には「葵の御紋染《そめ》たる幕うちて、四半の幟をたつ」という景気のよさ。葵《あおい》の御紋は紺地《こんじ》に紋は白だったと。

もっとも、南畝とは四日市《よっかいち》で別れなければならぬ。彼は亀山《かめやま》、草津、大津《おおつ》、京と東海道をゆき、弥次さん北さんと私たちは伊勢街道へ、日永《ひなが》の追分で、道を左右に別れるのである。

弥次・北は四日市で泊ったが、これがむさくるしい宿で、しかも一室に田舎者らしき二人連れと相宿、〈今晩はわたくしかたも混みやいました。お気の毒ながら奥のお客と御一緒になされて下さりませ〉と亭主にいわれて弥次、〈ずいぶんよしさ〉と気がいい。そんな宿でもすぐ〈お風呂《ふろ》にめしませ。御案内いたしましょう〉と女中がやってくる。江戸時代の旅籠《はたご》は、現代の私たちが思っていたよりも清潔である。売店がない代り宿へ物売りがくる。十四五の前髪が（少年である）〈お煙草はいりませぬか、楊子《ようじ》（歯ブラシである）歯みがき（歯みがき砂）お鼻紙はよろしゅうございますか〉べつの物売り、〈ハイ焼酎《しょうちゅう》はいりませぬか、白酒あがりませぬか〉この焼酎は足にふきかけ、疲れをとることもする。何にしろ、にぎやかな宿の夕方である。先に風呂へ入った北八が戻ってくると、弥次、入れ代りに風呂へ入ろうとして、〈イヤ、大分《でえぶ》、仇《あだ》な女中《やっ》らがちらつくぜ〉北八は鼻をうごめかせ、〈今のやつを風呂場でちょびと契っておいたは早かろう〉と自慢する。

弥次はこういうことを聞くと、とりはずしてしまう。〈ソリャ本当にか、どうしてどうして〉〈おれが湯に入っている所へ、おぬるくはござりませぬかといって、うせおったから、すぐにそこで約束した。まだ一人、いい年増が見えるからお前《めえ》、湯に入って待っていなせえ。大方そこへくるには違《ちげ》えはねえから、そこで口をかけるがいい〉〈承知承知。ドレ入って来やしょう〉

弥次、今くるかくるかと待っているうち湯当りしてしまう。向うに年増らしい後ろ姿がみえたので、コレ背中を流して下せえというと、ハイと六十ばかりの婆《ばば》が束子《たわし》を持って来て、お背中を洗いましょう。いまいましい婆あだ、束子をもってどうしゃァがるというとハイハイと引っこんだが、やがて庖丁《ほうちょう》の折れたのを持って来て〈これでお背中の垢《あか》をこそげ落してあげましょうか〉〈鍋釜《なべかま》じゃねえぞ、いまいましい〉

やがて食事もすみ、女中が床をとると二人の田舎者はぐっすり高いびき、弥次ひそひそと、〈北八北八、実に手前《てめえ》、さっきの女と約束をしたか〉〈知れたことよ。しかしこっちへは来ぬつもりだ。この次の間《ま》の壁を伝わってゆくと、行き当った所の襖《ふすま》を開けろ、そこに寝ていると言いおったから、今にゆかねばならぬ〉〈おれが先へいってやろう〉〈嫉《そね》まずと早く寝なせえ〉

そういいつつ、二人ともつい、旅疲れですやすや寝てしまう。しばらくして弥次、目をさまして北八の鼻をあかせてやろうとそっと起きて忍び足に次の間へいき、聞いた通り、探り探り壁伝いにいくうち吊《つ》った棚に手がつかえ、どうしたはずみやら、がたりと棚がはずれ、弥次は肝をつぶす。〈こいつはへんちきだ。棚板がはずれたか、手を放したら落ちるであろうし、何かがらくたがしこたま、上げてある様子、落ちたらみんなが目をさますだろう、こいつは難儀なことになった〉
両手を棚につっぱって立っていても、ねっからつまらず、手を放せば棚が落ちる、襦袢《じゅばん》一つで寒くはなってくる、こりゃなさけない目にあった、どうしようと思っていると、そこへ北八がこれも壁伝いにそろそろやってくる、弥次、小声で、〈北八、北八〉〈誰だ、弥次さんだの〉〈コリャ静かに。早くここへ来てくれ〉〈何だ、何だ〉〈これをちょっと持ってくれ、ここだ、ここだ〉〈ドレドレ〉と手をのばして何かは知らず棚を支えると、弥次脇へはずす、北八は驚いて、〈コリャコリャ弥次さんどうするのだ。ヤアヤア、こりゃ情ない目にあわせる、コレコレ弥次さんどこへゆく、アア手がだるくなる、コリャもうどうするどうする〉
うろうろしているのに弥次は暗がりに紛れて先へゆき、有明行灯《ありあけあんどん》の灯《ほ》かげにすかしみれば襖のそばに一人寝ている者がある、〈さてこそ北八が約束のしろもの、しめこのうさぎ〉といきなり手を出して探ると、石のように冷え凍った人が倒れている、これはふしぎと手で探れば荒菰《あらごも》で包んである。びっくりして北八のところへいき、歯の根も合わず、〈北八、まだそこにか。あそこに死んだ者へ菰がかけてある、もうもう薄気味の悪《わり》いうちだ、アアとんだうちに泊り合せた、恐ろしや恐ろしや〉とそうそうに匍《は》い出して逃げる。〈コレ、おれをここへ置いてどうする。エエ、どうやら気味が悪くなった、コリャたまらぬ〉とがたがた震える拍子に手がゆるんで棚ががらがら落ち、亭主は行灯持って飛んでくる、奥の間からは田舎者がかけつける、田舎者は叫ぶ、〈ヤア地蔵さまのお鼻がぶっ欠けてしもうた〉

亭主は北八をみつけて〈どうじゃやら、こなさんたちのなりそぶり、胡散《うさん》くさいと思いよったが、もしや胡麻《ごま》の灰じゃないか、何ぞまた、しょしめる（せしめる）つもりか、ありようにいわっせえ〉田舎者は田舎者で、〈こなさんがこの棚を落したもんで、なんぜ地蔵さまのお鼻ァうち欠いた。コリャわしどもが村で今度建立《こんりゅう》せる地蔵さまじゃ。昨日《きんのう》、石屋どのから受け取ってあしたは早々、長沢寺《ちょうたくじ》さまへ納めにゃならぬが、お鼻がうち欠けては持ってゆかれぬ、元の通りまどわっせえ〉亭主〈お地蔵さまのお鼻もお鼻じゃが、お前方のお荷物、何ぞなくなりはせないか、どうでも合点のいかぬ奴らじゃ〉北八、〈イヤわしらはそんなものじゃァねえ、めったなことをいいなさんな。白几帳面《しらきちょうめん》の旅人だ〉〈インネ、そうじゃあらまい。またそれでなけらにゃァ、なんぜ今時分そこに寝ていさっせえた〉

北八、追いつめられて、〈イヤどうもお恥かしいが、今頃わっちがここにまごついておったというわけは、ツイ夜這《よばい》にきてこの棚の落ちたにうろたえたのでござりやす〉田舎者〈ナニ夜這にきた。イヤハヤこなさんはたわけもんじゃ。どこの国にか石地蔵さまの所へ、夜這にきてどうせるつもりじゃ〉亭主〈いえばいうほどろくなことはぬかしおらぬ〉

さんざんの目にあって弥次が取りなし、みなしかたなく納得、弥次、即吟一首、

はひかけし地蔵の顔も三度笠
　またかぶりたる首尾のわるさよ

これで「おの〳〵どつと笑ひをもよほし、やうやう、いさくさ収まりけるにぞ」眠ればしばらくしてはや一番鶏、馬のいななき、やがて四日市の宿を発《た》つ。

——とにかくもう、恥も外聞もなく女に夜這をしかけるのが弥次・北である。現代の東南アジアあたりで人目もかまわず群れて、おぞましい所業にうつつを抜かしている一部の日本紳士のルーツは弥次・北である。いやあ、日本人日本人した男《おと》たちだなあ——というのが、私の弥次・北への感想である。日本では恋愛が貶しめられて買春が公認される。江戸時代で惚《ほ》れ合って一緒になったりしたら、どれあいだの、転びあいだの、押しかけだの、

ふしだらだの、とさんざんぱらワルクチいわれ、旅人が女中に夜這するのは、あはは、と笑殺される国である。私はべつにカチカチのフェミニストではないつもりだけれど、何だか昔の日本文化はやっぱり男中心の発想が土台になってるなあと思わないではいられない。現代もそれが尾をひいているから、あちこちで摩擦が生じるのはしかたない。いっぺんフェミニズムもゆきすぎぐらい燃え上らないとしようがないんじゃないかと思っている。

もっとも江戸時代でも、女房が泊り泊りの浮気や夜這に寛容だったわけではなく、川柳にも、

旅日記この二百はえ二百はえ

というのがある。亭主の旅日記を読んだ女房、支出の二百文に目を光らせ、〈ちょいとお前さん、この二百文は何に使ったんだえ、使いみちが書いてないじゃないか、え！〉

と帳面叩《たた》いて亭主をきめつけている図である。二百文は今まで見てきた通り、宿々の飯盛女たちの一夜のお値段、歓楽の代価である。

——まあ、売色は人類最古の商売だそうであるから、そのことをいまいうと長くなる、

私としては擬似でもいいから、恋愛の手つづきというのがほしいと思うものだ。

たとえば、ウソでもいいから〈愛してるよ〉とかさ。〈さっき入口ですれちがったときから、胸がときめいたぜ〉なんて北八が女中にささやいて手を握る、とかすれば許せる、黙って壁伝いに忍んでいき、いきなり手を出すなんて、ダサイ以下の話だ。

〈一目惚れしたっていえばいいんですよねっ〉

とうなずく妖子。

〈そ。いえばいい。言葉で表現するのが文化です〉と私。

〈大阪弁なら〝好っきゃねん〟ですね〉とひい子。

ひい子は亀さんをかえりみ、

〈あなたは博多《はかた》でしょ、博多弁ではどういいますか〉

〈〝好いとう〟といいます〉

大男の亀さんがぶっきらぼうにいうと迫力があった。

## 2

私たちが桑名を取材したのは春まだ浅い頃。新幹線で名古屋へ、そこから近鉄《きんてつ》で。桜はまだだが、そら豆の花、たんぽぽ、菜の花が咲き、椿、木蓮《もくれん》、連翹《れんぎょう》の花が伊勢の国に咲きつづいていた。

桑名はしっとりした町で、私はここも四日市も、それにいうなら伊勢神宮も初めて。お伊勢さんは戦前生まれの人間ならみな小学校の卒業旅行に行っているはずなのだが、私はそのとき健康上のトラブルで行かなかったのだった。そのあともお恥かしいことにそのままになっており、「伊勢の斎宮が」などと文章に書くくせに、まだ知らない。よくそれで物書きといえたものだと嗤《わら》われるであろうが、こんどの取材旅行でその不名誉なブランクが一挙に埋められると喜んでいる次第。

桑名も戦時中は空襲を受け、爆弾と焼夷弾《しょういだん》でずいぶんやられました、と年輩のタクシー運転手さんの話であった。しかし現在はごくふつうの地方都市として賑《にぎ》わっている。ただよその町にないものは、滔々《とうとう》と流れる大河、揖斐川《いび》である。水みなぎって清く、水勢ははげしい。木曾川《きそ》、揖斐川、長良川《ながら》、このあたり、三大河川がそろい踏みして海にそそぐところで、水郷といえば美しいイメージではあるものの、三川の川底の高さが違うため、出水のときは昔から下流の村々に水禍をもたらす。宝暦の治水といわれる、薩摩藩《さつま》の改修工事はここのことである。いまも長良川の河口堰《かこうぜき》をめぐって、賛成反対の議論が沸騰しているのは周知の通り。

とりあえず、宮から舟で着いたという思い入れで舟着き場あとへいってみると、「東海道五十三次　七里の渡し跡」として川ばたに美しく整地されていた。そうして海に向き、神々しくそそりたつ「伊勢国一の鳥居」。この大鳥居は昭和四十八年の御遷宮の時の御神材で建て直されたとある（のち平成二十七年にも建て替えられた）。私たちはここからお伊勢さんを遥拝《ようはい》。そこから遠からぬところに、川に面して住吉神社がある。このへんは揖斐川を上り下りする諸国の回船の舟だまりでにぎわったところ、大阪の住吉大社《サン》を勧請《かんじょう》して住吉神社がたてられた。――住吉サンは海の神サンで、舟や水運の守り神サンである。社殿が小さく新しいと思ったら、昭和三十四年九月の伊勢湾台風で壊滅したのを再建したとのことであった。この地方一帯、伊勢湾台風の爪跡はなまなましいのである。

町なかを走っていると、矮小《わいしょう》な町並みに不釣合なほどでっかい大鳥居がみえた。

これが桑名名物として東海道をゆき交う旅人をおどろかせた青銅の大鳥居。春日《かすが》神社の前にある。寛文七年（一六六七）、桑名城主の松平定重《さだしげ》の建立寄進という。春日神社は歴代城主に篤《あつ》く崇敬されていたというが、これはしかし、立派なものだけに物入りであったろう。記録では慶長金で二百五十両だったという。運転手さんは、葵《あおい》の紋がついてます、といった。妖子はこういうときすぐ、つまらぬシャレをいわずにいられぬ御仁《ごじん》で、

〈それは、葵のはずです、あおいで見るんですからっ〉

揖斐川と長良川の間の中堤《なかてい》を走って、その先にある千本松原《せんぼんまつばら》と治水《ちすい》神社へいってみる。長良川の向うに長島《ながしま》の輪中《わじゆう》がみえ、その更に彼方《かなた》を木曾川が流れる。このあたりの村々はみな堤防の底で暮しているようにみえる。長良川河口堰も、生活者の観点でみれば、さながら刻下《こつか》の喫緊事《きつきんじ》であるのかもしれない。……千本松原の先の治水神社へおまいりして、薩摩武士の困難な治水工事を考えながら、そう思ったりした。この武士たちのことは杉本苑子さんの名作『孤愁の岸』に描かれ、またお芝居にもなったので、ひろく知られているであろう。犠牲となった八十数名の薩摩武士を祀《まつ》ったのが、治水神社である。

夕日がちょうど沈むところでまことに美しい景色だが、川風は冷いの何の。境内に鹿児《かご》島《しま》ライオンズクラブの碑《ひ》があり、工事に従事する薩摩武士の当時の姿を桜島熔岩《さくらじまようがん》の上に建てたとある。桜島熔岩、というのがいい。この地で死んだ犠牲者を慰めるには、故郷のお山の土がいちばんであろう。

揖斐川にのぞむ船津屋《ふなつや》さんという宿に入る。

明治四十二年、泉鏡花《いずみきようか》は伊勢参宮の道で桑名に一泊した時、ここに泊った。そのときの印象をもとに書いたのが『歌行燈《うたあんどん》』である（小説では湊屋《みなとや》として出てくる）。

ここは昔の本陣で、板塀のゆかしい構え、通された部屋は鏡花が書いたように「障子の背後《うしろ》は直ぐに縁、欄干《てすり》にずらりと硝子戸の外は、水煙渺《みづけむりべう》として、曇らぬ空に雲かと見る、長洲《ながす》の端に星一つ」というところ、もっともまだ明るいので、漫々たる揖斐川の彼方一帯につづく、枯れた芦原《あしはら》が望まれる。おお、そういえば「浪花の芦は伊勢の浜荻《はまをぎ》」、あれは浜荻《はまおぎ》というにやあらん。

鏡花の描いた桑名と、その宿の風趣を愛して、さまざまの文人がこの地へ訪れた。『歌行燈』にいう、

『湊屋、湊屋、湊屋、此の土地ぢや、まあ彼処《あすこ》一軒でござりますよ。古い家《いへ》ぢやが名代で奥座敷の欄干《てすり》の外が、海と一所の大《いか》い揖斐の川口ぢや。白帆の船も通りますわ。鱸《すずき》は刎《は》ねる、鯔《ぼら》は飛ぶ。頓《とん》と類のない趣のある家《うち》ぢや。処《ところ》が、時々崖裏《がけうら》の石垣から、獺《かはをそ》が這込《はひこ》んで、板廊下や厠《かはや》に点《つ》いた燈《あかり》を消して、悪戯《いたづら》をするげに言ひます。が、別に可恐《おそろし》い化方《ばけかた》はしませぬで。こんな月の良《よ》い晩には、庭で鉢叩きをして見せる。時雨れた夜さりは、天保銭一つ使賃《つかひちん》で、豆腐を買ひに行くと言ふ。其《それ》も旅の衆の愛嬌ぢや言うて、豪《えら》い評判の好い旅《はた》籠《ご》屋ですがな。……お前様、此の土地はまだ何も知りなさらんかい』

久保田万太郎《くぼたまんたろう》さんの句碑《くひ》が船津屋の表の一角にある。句碑の字がよみ辛《づら》いが、

かはをそに火をぬすまれてあけやすき

万太郎さんの俳句は、文人らしいやさしみが添うていて、私は好きだ。プロの俳人の句とは、やはりどこか違う。遊びがあってゆったりしている。

さあ、ここでは蛤《はまぐり》を頂かなくては。目の前で炭火で焼いてくれる。思ったより小ぶりだったが、味は上品でおいしい蛤だった。お汁《つゆ》にすると何人も楽しめるのに、というほどの蛤を、一人で二つ三つと頂くのはなんと贅沢《ぜいたく》なこと。

お茶漬けで食べるのは、もちろん時雨蛤《しぐれはまぐり》、からく煮つけてあるのをお茶漬けでさらさら、「桑名の殿様」という歌もあるではないか、

〽　桑名の殿さん　やれやっとこせ
　よいやな
　桑名の殿さん　時雨で茶々漬け……

翌朝、鏡花の小説に出てくるヒロインのような、貫禄《かんろく》ある美しきお内儀《かみ》さんに見送られて四日市から伊勢路へ。公害の町として悪名高い四日市だったが、今は空気もよくて、富士市のようなことはない。

「昔は凄《すご》かったよ、夜なんか煙突から火が吹いて、空は燃えてたもんね」

というタクシー運転手さんの話だった。海岸には大規模な石油コンビナートが望まれるが、青空は澄んでいる。ここでは日永《ひなが》の追分を見なければ。四日市の中心から南へ五キロばかり、近鉄の追分駅で下りて、四日市追分郵便局の向い側に、「史蹟日永の追分」がある。先にいったように、ここで道は二手に分れ、右は東海道、左は伊勢参宮道である。ここには鳥居と石の道標が建っている。この鳥居こそ、お伊勢さんの二の鳥居。道標の文字がすばらしい。台座も入れれば二メートル以上の大きい石柱に、肉太にたっぷりと力強く、一字一字笑うような字で以《もっ》て、

「右　京大坂道

左　いせ参宮道」

とある。嘉永《かえい》二年（一八四九）二月と刻されている。そのうしろに古めかしい常夜灯、車の往来が激しいが、三角地点のここは緑地帯になって、鳥居も道標も常夜灯も残されている。このあたり「伊勢参宮名所図会」でみると茶店が並んで人通りも多くにぎやかであったらしい。ここから伊勢内宮までは十六里。私たちはもちろん左の参宮路をゆく。なるべく旧道を、と頼んでタクシーで走ってもらうが、道幅が狭くて対向車と擦れちがうのも辛いところがあった。白子《しらこ》、上野《うえの》、街道筋のところどころに昔ながらの古い家並みが見られる。町がとぎれると伊勢の海がみえ、海面はもう陽春の気分で、ぎらぎら光って

いる。この道は今は地元の人が往来するばかりだが、江戸時代は人馬織るが如く、という賑わいであったろう。

弥次・北が道中でよむ狂歌を耳にした旅人、〈あなたがたァお江戸でござりますか〉と弥次を狂歌師と思いこみ、〈あなたの御狂名は〉と問う。弥次、よせばいいのに、〈わっちゃァ、十返舎一九と申しやす〉その男、狂歌好きとみえ、〈ハハア、御高名うけたまわり及びました、十返舎先生でござりますか。わたくし、南瓜《かぼちゃ》の胡麻汁《ごまじる》と申します。さてさてよい所でお目にかかりました。この度は御参宮でござりますか〉弥次〈さようさ。かの膝栗毛と申す著述の事について、わざわざ出かけました〉〈いかさま。あれは御妙作でござります。これへお越しなさる道すがらも、吉田・岡崎・名古屋辺御連中方、御出会《しゅっかい》でござりましたろう〉〈イヤ東海道は宿々残らず、立寄る所がござれども、参ると引きとめられまして饗応《きょうおう》にあいまするが気の毒でござるから、みな素通りにいたしました。それゆえ御覧の通り、わざと粗服を着して、心安く、何でも気任せに風雅を第一と出かけました〉

南瓜の胡麻汁なる狂歌好きは大いに喜び、ぜひうちへ泊ってほしい、近所の狂歌仲間にもお引き合せしたいという。雲津《くもづ》という宿で旅籠をやっている胡麻汁のうちへ弥次・北は泊められ、のんきな弥次は〈かかる目にあうも一興〉と心の内におかしく思っている。北八は北八で、十返舎一九の秘蔵弟子で一返舎南鐐《なんりょう》と名乗ったものだ。

そこへ近隣の狂歌好き連中が次々とあらわれ、趣味の狂歌の狂名を名乗るが、これがおかしい。富田《とんだ》茶賀《ちゃが》丸《まる》、反歯《そっぱ》日屋呂《ひやろ》、水鼻垂安《みずばなたれやす》、金玉《きんたま》の嘉雪《かゆき》、小鬢長兀成《こびんちょうはげなり》、〈いずれもお見知りくださりませ〉扇面、短冊など出されて揮毫《きごう》を乞われる、弥次、しかつべらしく取り上げたが、出放題に〝ほととぎす自由自在に聞く里は　酒屋へ三里豆腐屋へ二里〟――どっかで聞いたような、と人々がいうも道理、これは頭《つぶり》の光《ひかる》（実在の狂歌師である）の有名な歌、とこうするうちに、ここのあるじに狂歌仲間から手紙が来て、ただいま、東都、十返舎一九先生が私宅へ見えました、名古屋の仲間からも連絡があったところ、おっつけそちらへ同道参上いたしますという。〈コリャどうじゃいな、とんと合点のいかぬ、どちがほんものじゃ〉何やかやあって読者ご推察の通り、〈ようも人の名をかたって、欺《だま》さんしたの、こちから抛下《ほか》らかし出されぬうちに、ちゃっちゃっと出ていかんせ〉ととっちめられる。もう四ツ（午後十時）である。

この場に及んでも弥次、〈何だ、ほかし出す、コリャ面白い〉と力んで、若い北八に袖《そで》を引かれる。〈コレサ弥次さん、力んでもはじまらねえ。全体《ぜんてえ》、手前《てめえ》の思いつきが悪い。サアここを出てどこぞ木賃にでも泊りやしょう、コリャどなたも、真平ごめんなさりやし〉

いとはまじ　通り一遍　旅の恥
かきすてててゆく　扇たんざく

3

弥次・北は松坂《まつさか》、櫛田《くしだ》、斎宮《さいぐう》とすぎて、明星《みようじよう》が茶屋で休んでいると、馬の駄賃を上方者が交渉している。馬士《まご》が弥次・北に声をかけて、この旦那《だんな》と二方荒神《にほうこうじん》で乗らんせんかいな、とすすめる。馬の背に振りわけて両方坐《すわ》れるような席が設けてある、これがもう一人、まん中へ坐ると三方荒神という。上方者が〈お前方《まいがた》も大方、参宮じゃあろ。わしも古市《ふるいち》まで掛取《かけと》りにいくさかい、一緒に乗りなされ、話しもて行こわいな〉

ゆうべの夜道がこたえた弥次、早速に乗って上方者と話しつつゆく。上方者は江戸ではトイレが汚なくて困ったという、〈アノ江戸に似合《にや》わん、どこへいても手水場《ちようずば》がトットもう、えらいむさくろしゅうて、むさくろしゅうて。鈴ケ森へいて、ヤレ嬉《うれ》しや、ここでこそ小用してこまそと、海の中へためためた小用《しようよう》を、一気に三斗八升ばかりしおったが、えろうよかった、あしこは綺麗《きれい》でえらい大っきな小用担《たご》であったわいな。ハハハ〉と、また小便話の好きな一九らしい。弥次、〈京では小便と菜と取っ替っこにするということだから、小便も大切なもんだに、お前、海の中へ惜しいことをした。その三斗八升で取り替えたら、菜が馬に、五駄や六駄は来るだろうに〉

江戸では百姓は下肥は取りにくるが、辻々《つじつじ》に稀《まれ》にある小便所は垂れ流しであったと、研究書にはある。何にしてもこの京の話は、のちに出てくるエピソードの伏線になっている。

京と江戸の貶《けな》し合いになって、弥次〈総体《そうてえ》、京というのはあたじけねえ（けちな）所よ、前にいったのは三月、花見の最中、てんでんに幕を打って結構な高蒔絵《たかまきえ》の重詰《じゆうづめ》なんど取りちらした所はいいが、その重の内に何があるかと思えば、古漬物《かくや》におからの煎《い》った奴たあ、恐れ入ったぜ〉上方者も負けていず、〈イヤそれよりか、お江戸の衆が、吉原の桜はえらいと、いこう自慢せらるるさかい、わしゃわざわざ吉原へいてみたが、何の桜はありゃせんがな〉――吉原は毎年春になると桜を植え、花どきがすぎれば抜くのである。

そうはいいつつ、上方者が〈古市をおごろかいな〉というのに釣られて弥次・北、これから上方者と連れになる。いうまでもなく古市は妓楼《ぎろう》ひしめく歓楽街である。

やがて山田《やまだ》へ着く。一九は筆硯《ひつけん》を洗っておごそかに書く。

「此《この》町十二郷《がう》ありて、人家九千軒ばかり、商賈《しやうこ》、甍《いらか》をならべ、各々質素の荘厳濃《しやうごんこま》やかにして、神都の風俗おのづから備《そなは》り、柔和《にうわ》悉鎮《しつちん》の光景《ありさま》は余国に異なり、参宮の旅人たえ間なく、繁昌さらにいふばかりなし」

この町は両側の家ごとに御師《おし》の名を板に書きつけ、用立所《ようたししょ》（事務所）の看板がびっしりとかけられてある。その中を羽織袴《はかま》の侍すがたの手代、これは御師の太夫の手代だが、旅人を迎えて右往左往している。

この御師というのは御祈禱師《ごきとうし》の略だといい鎌倉時代からあったという。江戸の人がお伊勢さんへまいるには、伊勢講というのを作っていた。集団の信仰団体である。伊勢の御師は特定の講と結んでおり、その講中が詣《まい》ると、引き受けて世話をした。御師の家はすべて大邸宅で多人数を泊められる。太々神楽《だいだいかぐら》を奏してくれて、講中が帰るときにはお守りや神札やお供物のお下りを、お土産にくれる。太々神楽は三、四十両もかかり、並みの庶民が奉納できるものではないが、一般人も、かねてコネのある御師の家に泊って参詣《さんけい》を果すのである。御師の家が満員だと、普通の宿屋に泊ることになる。

この御師はたいへんな勢力のあるもので、明治のはじめまで続いていたという。いま倉《くら》田山《たやま》に神宮文庫《じんぐうぶんこ》があるが、その門は市内にあった御師の家の門を移したもの、屋根の棟の両端に鯱《しゃち》のある八脚の薬医門《やくいもん》、まことに立派なものである。御師の勢威のほどがしのばれる。

茶店で弥次たちが休んでいると、太々講（太々神楽を奉納する団体）らしき二十人ばかりの一団もこの茶店に駕籠《かご》をつけた。面々は絹物ぐるみのいい身なり、景気のよさそうな連中である。その中の一人が弥次をみつけて、〈イヤこれはどうだ、弥次どの、きさまも参宮か〉という。みれば町内の米屋、太郎兵衛《たろべえ》、何しろ江戸を発《た》つとき踏倒して支払いもせずに来たから弥次は周章狼狽《しゅうしょうろうばい》、〈ここであなたにお目にかかっては面目ない〉〈ナニサナニサ、わしも仲間の太々講で、そのくせ講親《こうおや》（講の世話人）というものだからよん所なく出かけましたが、よい所であった、旅へ出てはとかく同国者はなつかしい、奥へ来て一杯やらっし〉

太郎兵衛はその上、太々講まで誘ってくれる。飛入りというと金が要るから、太郎兵衛の供ということにすれば、しこたま御馳走《ごちそう》になってお神楽も拝めるというもの、二人はすすめに従って上方者を待たせて奥の酒盛に加わったが、そこへ新たな太々講の連中がまたどっとやってきた。こちらは上方からのグループらしい。江戸組、上方組、二つのグループがいちどきに茶店をたったからたまらない、弥次の駕籠かきがうっかり者で、上方グループにまぎれて弥次を運んでしまう。

外宮《げくう》の御師の邸《やしき》に着いた弥次、面々を見廻《みまわ》しても太郎兵衛も北八もいず、不審に思ってうろうろする。人々にコケにされて弥次の悪い癖で力み返り〈手前《てめえ》たちの太々講、丸っきり喰《く》い倒した所が、たかが知れてある。あんまり安くしやァがるな、江戸っ子だは。おれ一人で太々講打ってみせよう〉手代は胆をつぶす。〈お前がお一人でかいな、こりゃでかした〉〈知れたことよ、これで頼みます〉二百文を紙に包んで出したので、手代は二度びっくり、〈太々講は安うて金十五両も出さんせんけりゃ、でけんわいな〉〈ナニ、これではなりゃせんか、太々講がならずば、これで蜜柑《みかん》講でも〉〈ハハハ、べっか講にさんせ〉みんなに嗤《わら》われてしまう。

　弥次はそれからとってかえして内宮《ないくう》へ向うが、宿の名を忘れ、何でも、ぶら下ったような名だというので聞きあるく。去年、首くくりがあった、ぶら下った家とはそこじゃないか、などとあちこちで大騒ぎした末、やっと北八と上方者が泊る宿にゆき合せ、再会する、その宿の名は藤屋《ふじや》というのである。

　食事をすませ、三人でうちくつろいで話すうち、小人閑居して不善をなす、これから古市へくりこもうじゃねえか、ということになる、〈まだ宮巡りもせぬ先に勿体《もってえ》ねえようだが、ままの皮、やらかしやしょう〉上方者も大口を叩《たた》く。〈いて見やんせ、わしゃ彼所《あこ》で年々捨てた金が、千や二千のこっちゃないさかい、なんぼなとわしが引き受けた、さァ早ういかんせんかいな〉――ヨクナイこと、というのはすぐ相談がまとまる。宿の亭主が供をして、牛車楼《ぎゅうしゃろう》・備前屋《びぜんや》か千束亭《ちそくてい》か、などと言い交し、やがて古市にいたりければ弾きたてる伊勢音頭もうきうきと、千束亭こと千束屋《ちつかや》へ入る（いずれも実在の妓楼である）、ここでみな遊女《おやま》をあげてヨイヨイ、ヨイヤサアの大さわぎ、上方者は辺栗屋《へんぐりや》与太九郎というのだが、酔いにまかせて弥次といさかい、亭主がとりもって、〈麻吉《あさきち》へお供しよかいな〉などという、麻吉も実在の料理屋である。トド敵娼《あいかた》が弥次を引きとめ、みなそこへ泊ったが、弥次は至って見栄坊で、煮染めた如き褌《ふんどし》を見られたら恥かしいとそっとはずして、連子の窓から庭先へ抛《ほう》っておいた。

翌朝、白々あけに一同目をこすって出立しようとする、遊女《おやま》の一人がふと窓から庭を覗《のぞ》いて、〈あれみさんせ、庭の松に、湯文字《いもじ》がかかってあるわいなァ〉弥次、そしらぬふうで〈ハハアこいつはおかしい、羽衣の松じゃァねえ、ふんどしかけの松も珍しい〉北八は容赦なく、〈弥次さん、お前《めえ》のじゃァねえか〉

大恥をかく一幕。

その日は空の景色ものどかである。弥次・北は内宮外宮を拝まんと早くも宿を出る。今までの道中、社寺はご無沙汰《ぶさた》したが、お伊勢さんは旅の目的ではあり、何といったって、とにかくお伊勢さんだ、余の社寺とはちがう、日本中の神社の総元締である。二人は心をひきしめて出でたつ。

古市のやや高台には早くも参詣人めあての店が出ている。お杉《すぎ》お玉《たま》が三味線を弾いて唄《うた》う、それへめがけて銭を投げると、たくみに顔をよけて当らず、そのいわば大道芸が受けている。北八、小石を拾って投げると女は撥《ばち》で受け、はね返せば弥次の顔へぴしゃり。

この神都のおひざ元の町は、芝居小屋、妓楼があるほか、見世物や物乞《ものご》いも多い。宇治《うじ》橋の下には竹の先に網をつけ、旅人の投げる銭をみな受けとめて人々に嘆声を上げさせるのもいる。

やがて内宮へ。「御本社にぬかづきたてまつる。是《これ》、天照皇太神《あまてらすおおんがみ》にて、神代よりの神鏡神剣をとつて鎮座したもふところ」

弥次・北、御裳《みも》濯《すそ》川の清い流れに感じ、

「すべて宮めぐりのうちは、自然と感涙肝《かんるい》にめいじて、ありがたさにまじめとなりて、しやれもなく、むだもいはねば、しばらくのうちに順拝終りて」という殊勝さである。

伊勢へ着く日は元日の心もち

という柳多留の句のように、さすがの弥次・北も改った心地で敬虔《けいけん》にぬかずいている。

4

私たちは松阪《まつさか》へ寄った。ここは江戸時代紀州藩の領地だが、何より商人の町、経済の町なのである。気候温和で近郊の農産物はゆたかにみのり、交通の便がいいから、情報が入ってくる。町の商人は商才に富み、江戸に支店を持っていた。宝暦の頃には江戸支店を持つ商家は四十九家もあったという。松阪近郊は木綿を産するので松阪木綿で有名だが、寛政四年（一七九二）の江戸向け積出し高は五十五万六千反に達したと。とにかく金持商人が多かった。

ここは三井《みつい》家の発祥の地でもあって、いまも「三井家発祥の地」という家が残っている。つまりそういう、じんわりと経済力のある土地で、その地熱によって、本居宣長《もとおりのりなが》の学問は醗酵《はっこう》したのであろう、豪商たちの一門には文化人も多く、宣長の門人になっている。

お城のそばに本居宣長記念館はあった。

いかにも学究らしい、面長で品のいい宣長大人《うし》の肖像がかかっている。遺品がずいぶん豊富に残っていた中で、私は『古事記伝』の宣長自筆の書き入れもさりながら、小児科医として生計を立てていた春庵《しゅんあん》先生（医師としての宣長の名である）がしるした日常記録に目を惹《ひ》かれた。医家として収入が最も多かったのは、安永十年（一七八一）、病家四百四十八軒、謝礼金九十六両余、先生五十二歳の時である。小児科の薬の広告も宣長は自筆で書いている。

賀茂真淵《かものまぶち》を敬慕して、はじめて会ったのは宣長三十四歳、真淵六十七歳、このとき真淵に励まされて宣長は『古事記』の研究に生涯を捧《ささ》げることを決意する。これが世に有名な「松阪の一夜」で、小学校の教養で以《もっ》て世渡りしている私は、そのかみの「小学国語読本巻十一」に載っていたその話をおぼえているのである。この話は学問への畏敬《いけい》の念を児童たちに植えつけたかったのであろう。

記念館の裏には本居宣長旧宅がある。質素な江戸中期の商家である。これまた段間のいたく高い階段をのぼれば二階が鈴《すず》のやで、これが大人《うし》の書斎、ただし二階は窓に面して作られた前の高みから覗くようになっている。床の間に「縣居大人之霊位《あがたいのうし》」と書かれた掛軸が掛かっているのも厳粛な思いに打たれる。縣居大人は賀茂真淵、宣長は生涯、師の学恩を追慕しつづけたのである。

松阪といえば現代人は牛を連想してしまうだろう。お昼は牛銀《ぎゅうぎん》本店でたべた。〈牛銀とかけて鈴のやと解く、心はりっぱなうしだァ〉——どうしようもない、やっぱり弥次らの江戸っ子のしゃれにはかなわない。

5

お伊勢さんに桜は少ないといわれるけれど、それでも万緑の中、五十鈴《いすず》川沿いの桜は満開だった。神宮司庁の禰宜《ねぎ》、Y氏にお目にかかり、お話をうかがう。今まで一度もお詣りしていませんとおずおず申しあげると、破顔一笑されて、そういう人のほうがご案内し甲斐《がい》があります、と当方の恐縮をほぐして下さった。まず五十鈴川を渡って内宮へ。宇治橋の清浄は輝くばかりだ。橋を挟んで内と外に大鳥居が立つ。周知のように神宮は二十年ごとに遷宮となるが、橋も鳥居も二十年ごとに新しくなるとのこと。内の大鳥居は、もと内宮の正殿旧殿の棟持柱《むねもちばしら》で、外側の鳥居は外宮のそれだったもの、宇治橋のたもとで二十年を過し、更に後には内の鳥居は鈴鹿《すずか》峠ふもとの関《せき》の追分、外の鳥居は、私も見た桑名の七里の渡しの一の鳥居となる。壮大な巨木の檜《ひのき》の柱は、六十年のお勤めを果すのである。

宇治橋を渡って右手が神路山《かみじやま》、左が島路山《しまじやま》、どちらも神気玲瓏《れいろう》というような深い緑、その中を、檜の白い虹《にじ》のような橋が延びている。平日だったが参詣人は多く、Y氏によれば年間六百五十万人ほどということだ。玉砂利の巨木の道をあゆんで五十鈴川の清流で手をきよめる。このあたりから、神宮の清浄無垢《むく》というのはただならぬ奥底の深いもの、という気がしてくる。川はあくまで澄み、せせらぎの石も磨かれたよう。御正宮《ごしょうぐう》へお詣《まい》りする。二十段余のゆるやかな石段の向うに素木《しらき》の鳥居、板垣の南御門の内にすすむと、白い絹の幌《とばり》が垂れていて、その奥は見えず、そこで拝む。それだけである。普通の神社のように、太鼓や狛犬《こまいぬ》が見えるとか、彩りのいい幕に目を楽しませるとか、門や拝殿が朱《あか》くあるいは青く塗られているとかいうことは一切ない。

素木の丸柱と白い絹のとばり、屋根の厚い萱《かや》、それだけがすべてであって、ほかには何もない。人々は入れかわり立ちかわりやってきては拝み、あまりにシンプルなお宮にとまどう人もいるようであった。

しかし排他的な気むずかしい気分がこのお宮から感じられないのは、すべて檜の素木、しかも丸柱、というたてもののやさしさのせいであろうか。それともご正殿に鎮まる祭神が天照大神という女神でいられるせいだろうか。四重の神垣もすべて素木、それが濃緑の木々を背景にしているさまは、古代さながら。そういえばお伊勢さんのたてものは、正倉《しょうそう》院《いん》の文書に記録されたものと大体違わないというけれど、鎮座、千数百年というのに、昨年できたばかりのようなみずみずしさ。二十年ごとに新しく造営するというならわしが、技術を温存し、古風を正しく今に伝承させたのだろう。第六十一回の式年遷宮は平成五年である。

Y氏は、御正宮が横から拝される場所へ案内して下さった。何とも美しい眺めが現出した。屋根の両妻《つま》の破風が延びて高々と千木《ちぎ》をあげている。棟の上の十本の鰹木《かつおぎ》。唯一神明造り、飾り金具が金色に輝き、鰹木と柱が丸いほかは切り立てたような直線だった。過剰なものは一切省いて削《そ》ぎおとして、芯《しん》の清いエッセンスだけをとり出したようなお社である。それでいて圧迫感は与えられない。春の夕《ゆうべ》の光のせいか、柔媚《じゅうび》な、大らかなやさしさをたたえている。ブルーノ・タウトは「神宮の建築は、ギリシアのパルテノンに比すべき、すばらしいものである」といった。

〈まあ、民族の祖神《おやがみ》さま、というような神さまですからね、天照大神は。温いお母さんという感じじゃないですか。昔から〝お伊勢さん〟で馴染《なじ》まれていたのも、そんな気持がみんなの心の中にあるからでしょうな。ここへくるとほっとする、といわれる方も多いですよ〉

Y氏はそういわれた。このお社は宗教や思想を超越したものだと私は思うが、この一種慕わしいような、やさしい感動は、私が戦前に人格形成期を過した世代の人間だからだろうか。お伊勢さんは宗教であって宗教ではない、というのが私の受けた直観である。西行法師は「何ごとのおはしますかは知らねども　かたじけなさに涙こぼるる」とここで詠んだけれども、何かしらの感動というものが軸になっており、これは遺伝体質のようなもので、学校で授ける教育や知識ではないし、親から子に言い伝え聞き伝えしてゆく血の受け渡しのようなものであろう。お伊勢さんの存在を感得し、そのぬくもりをあとの世代に伝えるというのは、宗教やイデオロギーを超えた、国の雰囲気、――そう、人に体臭があるなら、国にも国臭というのがある――そういうものだろう。臭いといってわるければ、芳香、お伊勢さんは日本国の芳香というべきか。ただし方向をまちがって、一部右翼や国粋主義者に利用されては困るのである。

お伊勢さんは一部の狂信者のものだけではないのである。

ここにはたくさんの別宮や末社摂社があって、それらの祭儀もあわせると、年間いくつになるのか、気の遠くなるほどたくさんの数の祭になるそうだ。鬱蒼《うっそう》と繁る神の森の中で、古代から連綿とつづいた森厳な秘儀が敬虔に行なわれている。毎日の朝夕の神々の大御饌《おおみけ》は昔ながらの火鑽具《ひきりぐ》でおこした忌火《いみび》で調理される（この火をおこす道具は弥生《やよい》時代からのもので、登呂遺跡からも同じ道具が発掘されたそうである）。神饌《しんせん》は御飯と塩と水。それに鰹節《かつおぶし》、鯛、昆布、荒布。季節の野菜、果物。酒。米も酒も塩も野菜も神宮内でつくったもの、盛る土器も、水も、高天原《たかまがはら》から頂いたままの土や水。神話の薫風《くんぷう》が吹いている、この世のものならぬ世界である。

――といって神職の方々は浮世ばなれた方ではなく、実をいうと私たちはさっき内宮《ないくう》で拝礼したとき、お許しを得てお塩でお祓《はら》いを受け、一般拝所より一重《ひとえ》うちで拝礼したのであるが、私は若い神職さんが二礼二拍手の合図をして下さるものと思って、じっとうなだれて待っていたのに、一向におっしゃらない。そっとあたまを上げると、まだおつむを垂れていられるので、あわててさげる。二、三べんそれをくり返し、やっと〈それでは〉というお声で退出したのであった。Y氏は笑っていられた。〈タナベサンのあたまと神官のあたまと代りばんこに上ったり下ったりして、おかしかった〉——神宮は「明き直き清き心」が尊ばれるところであるが、神職の方々はみな、決して神がかり的ではなく、明るくて愉快で闊達《かったつ》な方々のようであった。

弥次さんたちが拝みそこねた太々神楽をあげて頂く。私はさる県のJCの方々と一緒になった。大麻《おおぬさ》が奉安され、祝詞《のりと》が奏上される、広大な神楽殿で六人の舞女《まいひめ》たちが白羽二重《はぶたえ》の千早《ちはや》に緋《ひ》の長袴《ながばかま》をつけ、天冠を頂き、榊《さかき》の枝を持って舞う。和琴《わごん》や笛、篳篥《ひちりき》の幽寂な音《ね》が、私たちを夢見心地に誘う。人長舞《にんじょうまい》は小忌衣《おみごろも》の男性が一人で舞うもの、この舞人は日灼《ひや》けして精悍《せいかん》な人だったので、かえって古風の野趣があってよかった。弥次・北がこれを拝めば、またもや〈ありがたさにまじめとなりて、しゃれもいわず〉というところであろう。

弥次・北といえば、そのあと伊勢市豊川町《とよかわ》の外宮《げくう》をY氏に案内して頂いたとき、風宮《かぜのみや》でY氏はしゃがむ形で拝礼され、〈これは古風の形で、きっと弥次・北もこんな恰好《かっこう》で拝んだことでしょう〉といわれた。そうだ、二礼二拍手は新しい形式だから、古い日本人はしゃがんでぬかずくか、手を叩《たた》いたに違いない、笠《かさ》を脇へおいて拝んでいる弥次さんたちの姿がみえるようだ。

外宮《げくう》は豊受大御神《とようけおおみかみ》、食べものと生業《なりわい》の神さまである。夕闇せまる神苑《しんえん》のたたずまいは、これはこれでまた、身のひきしまる荘重な雰囲気で、といって瑞気《ずいき》があふれているから妖異なおそろしさはないものの、なれなれしい不作法は許されない——というおもむきである。私は東南アジアの国々をまわり、ずいぶん仏閣へもお詣りしたけれど、日本のある種のお寺とは似ているが、神社とは違うなあと思った。日本の神社、ことに神社の総元締であるお伊勢さんは、やさしいがどこか凜《りん》としていた。

夕闇がおちてきたので、いよいよお伊勢さんとY氏に別れを告げ、古市の旅籠《はたご》屋「麻《あさ》吉《きち》」へ入った。

内宮外宮をつなぐ参宮街道の、まん中に古市はある。いまの麻吉は嘉永《かえい》四年（一八五一）創業というから弥次・北の頃のより新しい店だろうが、しかし古書に、「この楼、山の岨《そま》に三重の架《かけ》作りに構えぬれば、四季折々遠近の風色も只一望の中にあり」とある通りに、〈嘉永の麻吉〉も間《あい》の山《やま》の斜面に建てられている。坂を利用して段々に上へ座敷がつづく、木造の五階建て。古い石垣の間の石段を登ってゆけば、灯の点《つ》いた麻吉旅館の玄関、中へはいれば、さながら江戸の旅籠──〈えー、お早いお着きで。コレ、すすぎの湯を。すぐお風呂《ふろ》めしますか〉なんていわれそうだった。

この宿の一室には昔からの調度品、生活什器《じゅうき》、古文書など展示してあって、朱塗の島台《しまだい》や高坏《たかつき》、螺鈿《らでん》の重箱など目もさめるばかり、すべて大ぶりで、江戸時代の遊里の宴会料理の豪華がしのばれるというものだった。その夜は神風の伊勢の海の幸、豊受大御神のお恵みによるくさぐさのご馳走《ちそう》を堪能する。

翌朝、「天南第一楼」と扁額《へんがく》の掛かった大広間を拝見、ここで昔は「ヨイヨイよいやさァ」と伊勢音頭でたくさんの妓《おんな》たちが着飾って踊ったのだろう。伊勢音頭は素朴ながらなかなかいい歌で、

〽　伊勢はナ津でもつ　津は伊勢でもつ
尾張名古屋は　ヤンレ　城でもつ
やあとこせ　よいやな
ありゃりゃ　コレワイナ
このなんでもせー

と古体を存しつつ、意外にモダンなリズム、私たちは町で「伊勢音頭」のテープを買い、タクシーの中で、亀さんの持っていたウォークマンで（こんなものは、さすがに若い亀さんのほか誰も所持していない）聞いた。妖子はタクシー運転手さんにいう、

〈あなたは伊勢の方ですかっ〉

〈そうです〉

〈では伊勢音頭が歌えるでしょう〉

〈歌えません〉

〈伊勢の人がなぜ歌えないんですかっ〉

〈いや、結構むつかしいんスよね、あれ、——すみません〉

〈あやまることはありませんけどっ〉

朝通った間《あい》の山《やま》には「油屋《あぶらや》跡」の碑《ひ》があった。古市遊廓《ゆうかく》の代表的な妓楼《ぎろう》で、歌舞伎の「伊勢音頭恋の寝刃《ねたば》」で知られる。貢《みつぐ》とおこんのお芝居だ。

間の山のお杉お玉は、上方落語にも出てくるが、ジャカジャカジャンと三味線を鳴らしながら、

〽 縞さん紺さん、仲乗りさん、ここばかりじゃ、やてかんせ……

と唄《うた》ったそうである（仲乗りさんというのは馬に乗った三方荒神の、まんなかの人）。

代々お杉お玉を名乗り、みな美人であったそうな。中里介山《なかざとかいざん》の『大菩薩峠《だいぼさつとうげ》』にも「間の山の巻」があり、お杉お玉が出てくる。しかし、この小説のお玉は間の山節というのを望む人に聞かせるということになっている。

〽夕べあしたの鐘の声
寂滅為楽と響けども
聞いて驚く人もなし
花は散りても春は咲く
鳥は古巣へ帰れども
行きて帰らぬ死出の旅……

若くて『大菩薩峠』を読んだとき、このお玉の歌が身に沁《し》みて、間の山とはどんな所だろうといろいろ想像したものだったが、現代ではやや勾配《こうばい》を持って盛り上った坂道の、古い往還で、アルミサッシやガラス戸の家々の軒並みに、上方でお正月だけかけるしめ飾りが、掛けられていた。しめ飾りの真中には「笑門」とあり、この地方では年中掛けておくそうだ。

伊勢市の手前に斎王宮趾《し》があるのだが、そしてこれは『伊勢物語』にある業平《なりひら》と斎宮の恋のあとでもあるのだが、時間がなくて寄れず。赤福餅《あかふくもち》と剣祓《けんはらい》がたの生姜板《しょうがいた》だけ買ってきた。

# 都名所・浪花の賑《にぎ》わい

## 1

弥次・北は参宮をすませ、大和街道から奈良へ出て、山城《やましろ》の宇治《うじ》へ、やがて伏見《ふしみ》の京橋《きょうばし》に着いた（と本文にも一、二行で片付けてある）。ここから有名な淀《よど》川の夜舟で大坂へいけるのである。

「日も西にかたぶき、往来の人、足はやく、下り船の人を集《あつむ》る船頭の声々やかましく、『サアサア今出るふねじや、乗らんせんか、大坂《おさか》の八軒家舟じや。乗《の》てかんせんかい』」

これが上方落語にもある三十石船。三十石の米を積めるからそう呼ぶが、これは客船である。京大坂へ夜、寝ているうちに着くというので人気があったもの（もちろん昼舟もあったが）、大坂への下り舟は流れに乗るから速いが、大坂から京への上り舟は足で歩くより時間がかかったという。しかし時間的に経済なので夜舟はよくはやった。明治十年に京都と大阪間に鉄道が敷かれるまでは、庶民の足として栄えた。上りは乗合賃銭一人百四十八文、下りは七十二文という。

弥次らは京から先に見物するつもりであったが、いっそのこと舟で大坂へ先にいこうかと相談まとまり、乗りこむ。ここへも物売りがくる、銭の両替え、昆布菓子、砂糖餅、燗《かん》酒《ざけ》、味噌《みそ》田楽さまざま、——それと同じく舟が出ると乗合わせの客、諸国のお国ぶりもさまざまに、京、大坂、長崎《ながさき》、越後《えちご》、それぞれの国の民謡を唄いはじめる。カラオケのルーツであろう。〈江戸の客にもなんぞ所望しょじゃないかい〉といわれて、弥次、例の如く見栄を張って歌舞伎役者の声色を使おうという。松本幸四郎《まつもとこうしろう》のつもりで、〈まんまと奪いとったこの一巻、これさえありゃ出世の手がかり。大願成就かたじけない〉とやったが、船中ブーイングの大合唱。京の客、〈コリャやくたいもない、わしゃ江戸に五六年いてこの間戻ったわいな。高麗屋《こうらいや》はそないな口跡じゃないもせんもの〉大坂の客がこれも江戸帰り、わざと文句もそのままにいうと、乗合は〈イヨ、高麗屋ァ〉〈これがほんまじゃ〉

弥次、なおも虚勢を張り、〈わしのは信州松本《しんしゅうまつもと》のもので、幸四郎が弟子の胴四郎《どうしろう》の声色だ〉〈そんなこっちゃあろぞいな、ハハハ〉

この船中、再び小便の話が出て来て、江戸っ子の口吻《こうふん》を借りると、〈恐れる恐れる〉というところ、弥次は催したが舟ばたからはどうしてもできない、うろうろしていると小耳に挟んだ親切な隠居が溲瓶《しびん》を貸してあげようという。何せ夜船のこと、くらがりまぎれに弥次は溲瓶とまちがえた土瓶を使って用を足す、隠居は燗酒をやろうとしてそれを使って酒を暖め、皆にも廻《まわ》し飲みさせる……という、七里の渡しより更にえげつない話になる。トド一同、胸がわるくなって〈咽《のど》がさけるようだ、アアくるしい、ゲエイゲエイ〉と大さわぎ。（一九も芸のない男だ、しかも同じ話をむしかえすから、だんだんエグみがエスカレートしてゆく——いや、私も物書きのはしくれとして、ご同業のことを嗤《わら》えないが）

船ははや枚方《ひらかた》に着く、ここは「不作法天下御免」の「くらわんか船」が物売りにくる。〈めしくらわんかい、酒飲まんかい、サアサアみな起きくされ、よう臥《ふ》さる奴らじゃな〉乗合もそれにつれて〈コリャ、飯もてうせい、えい酒があるかい〉〈われも飯食うか、ソレ食らえ、そっちゃのわろはどうじゃいやい、ひもじそうなつらしてけつかるが、銭ないかい〉弥次は熱くなり、〈イヤこのべらぼうめら、何をほざきやァがる〉乗合〈これこれお前《まい》、腹立てさんすな、アリャここの商い舟は、あないにものを、ぞんざいにいうのが名物じゃわいの〉

そのうち雨が降り出し船頭は堤に舟を漕ぎ寄せ、しばしつなぐ。ここは伏見と大坂のまん中、上り舟下り舟、みな岸で待つうち、一刻《とき》（およそ二時間）ばかりして雨はやみ、月が出たので、人々は土手へあがって用を足したりしている。船頭は食事にかかる様子。

弥次・北もいい月だなどといいつつ、用を足してしばらくして船へ戻ったが、たくさんの船ゆえ混雑して分らず、人を押し分けて乗ったのは京のぼりの船であった。みな高いびきで眠るうち、船は山崎《やまざき》、淀堤を過ぎて夜あけ近く、伏見に着く。みごとに元のところへ引返してしまったのである。船を下りて岸へ着いたが見知った顔はなく、大坂と思いこんでいる二人にはすべて勝手が違う。しかも自分の荷物と思いこんだ荷物は他人のもので肝をつぶす。結局、上り舟と下り舟ととり違えたことは分ったが、〈おいらが包みはどうしたろう〉まわりの人々、あざ笑い、〈それも分ってあるわいな、お前《まい》がたの乗らんした下り船に、包みばかり残って、今頃は大坂の八軒家《はちけんや》に風呂敷包《ふろしきづつ》みがうろうろと、お前方をたずねていよぞいな、ハハハ〉

弥次〈エエままよ、どうするもんだ、金は胴巻に入れて持っているから、たかが包みは手前《てまえ》とおれが着替ばかりだ、うっちゃってしまえ。そこらは江戸っ子だは〉

と負け惜しみの啖呵《たんか》、これから又船に乗って大坂へいくのも業腹だと、

伏見出て淀の車がまたあとへ

## まわりまわつて来たは何ごと

伏見、墨染《すみぞめ》、二人は気抜けした顔を並べてうかうか歩いてゆく。深草《ふかくさ》、藤《ふじ》の森《もり》、やがて伏見稲荷《いなり》のお社へ着く。ひと休みした甘酒茶屋で婆《ばあ》さんが、弥次の顔を見て泣く。このあいだ死んだ息子にそっくりだというのだ。その形容がおかしい。〈どうまん声の物いいから、やっとあらいみっちゃ（あばた）があって色が黒うて鼻は獅子《しし》鼻《ばな》で、目のいかつい所までがそのままじゃわいな、アノ片小鬢《かたこびん》の禿《は》げさんした所までが、あないに似るものかいな〉——弥次は腐ってしまう。

やがて都近くなる。

「往来ことに賑《にぎは》しく、人の風俗も自然と温順にして、しかも衣装は花やぎたる女のよそほひに、うつつ抜かして見とれ行《ゆ》くうち」早くも大仏前にいたる。これは東山《ひがしやま》の大仏殿方広寺《ほうこうじ》で、昔は京にも大仏があったのである。天正十七年（一五八九）豊臣秀吉の建立。木像だが、寛政十年（一七九八）落雷によって焼失している。従って『膝栗毛』六編上を刊行した文化四年（一八〇七）にはすでにないわけだが、ここで出てくるのは奈良の大仏のことか、または一九が焼失前に拝観した大仏の記憶であろうという。大仏殿の円柱の下の穴を人々がくぐっている（くぐりぬけると後生安楽のご利益があるという）。弥次もくぐって途中で抜けなくなり、やっとのことで引っぱり出してもらう。

蓮華王院《れんげおういん》の三十三間堂《さんじゆうさんげんどう》前を北へゆけば、「往来殊に賑《にぎは》しく、げにも都の風俗は、男女ともにどことなく柔和温順にして、馬士《まご》、荷《に》歩持《かちもち》までも、洗濯布子《ぬのこ》の糊《のり》こはきを、折目《おりめ》高《だか》に着なして、あのおしやんすことわいな、となまめきたるもおかしく、二人は興に乗じ、目にみるものごとにめづらしとたどりゆくうち」——この京のソフトな空気は、〈鳥が啼《な》くあづま〉からの旅人にいたく感銘を与えたとみえ、東海道を歩いて粟田口《あわたぐち》から京入りした南畝先生も、例の『改元紀行』にかくしるす。

「往来の男女のありさまも、目なれし鄙のよそほひにかはりて、都の手ぶりきら〳〵しく、漸《やうやく》長安に近きを知るといひし唐詩の心なるべし」

滝沢馬琴は『羇旅漫録《きりよまんろく》』に、

「夫《それ》皇城の豊饒《ほうぜう》なる、三条橋上より頭をめぐらして四方をのぞみ見れば、緑山高く聳《そび》えて尖《と》がらず。加茂川長く流れて水きよらかなり。人物亦《また》柔和にして、路をゆくもの争論せず。家にあるもの人を罵らず。上国の風俗、事々物々自然に備はる。予《よ》、江戸に生まれて三十六年。今年はじめて京師《けいし》に遊《あそん》で、暫時《ざんじ》、俗腸《ぞくちやう》をあらひぬ」

とほめている。

しかしこの柔和なる京の町にも「路をゆくもの争論」することがあるのである。これは

『膝栗毛』全編中の白眉《はくび》ともいうべく、ちょっと長いが、ぜひご紹介せずばなるまい。

弥次・北がぶらぶらゆくと往来がにわかに騒がしく人がかけてゆく。何だと問えば喧嘩《けんか》だという。京の喧嘩も珍しかろうと人を押しのけてみれば、喧嘩の一人は魚屋とみえ、そこへ盤台を置いてある。一方は職人ていの男、いずれも屈強の若者、しかし京は人心悠長のせいか、初《はな》から叩《たた》き合いなどせず、日当りのいい所で二人向き合い、魚屋〈コレイノ、わが身の方から行き当りくさってそないなこと、いうもんじゃないわい。おのれ、脳天叩《たや》いてこまそかい〉職人〈おきくされ。こなんが手の動くのに、こちゃじっとしていやせんわい〉といいつつ手拭《てぬぐい》をていねいに折って鉢巻をする。魚屋〈よう頤《おとがい》ならすわろじゃな。いったい汝《わり》ゃ、どこのもんじゃい〉〈おれかい。おりゃ堀川姉《ほりかわあね》が小路《こうじ》下《さが》ル所じゃわい〉〈名はなんというぞい〉〈喜兵衛というわい〉〈年は幾つじゃ〉〈二十四じゃわい〉〈おきくされ、おのれ二十四にしちゃえろう若い。嘘つきくさるな〉〈何いうぞい。ほんまじゃわい。前《まえ》厄《やく》で今年嬶《かか》めを死なしたわい〉〈ソリャえらい力落しおったじゃあろ。えい気味さらしたな〉〈イヤそればかりじゃない、乳《ち》のみくさる餓鬼《がき》めがあるさかい、えらい難儀な目におうたわい〉〈そじゃあろわい。おりゃ汝《われ》に二つ上じゃわい〉〈そうぬかしくさりゃ、汝《われ》も若い。うちはどこじゃぞい〉〈一条猪熊《いちじょういのくま》通り、東へ入ル所じゃわい〉〈かいやい。あこに目の見えん寸伯《すんぱく》という針医《はりい》があろがな〉〈オオ針医がありゃどうすりゃ〉〈イヤこちの一家《いっけ》（親類）じゃさかい、おのれ去《い》にくさるなら言伝《ことづて》してこまそ〉〈いやじゃわい。なんの汝《われ》が言伝、誰がいおぞい。えらい阿呆《あほう》めじゃな〉見物はあくびしつつ、〈もう去《い》のかい〉と連れにいえば〈待たんせ、今に打ちあうじゃろ〉〈イヤ、わしゃうちに客ほって来たさかい〉〈そしたらそのお客連れてごんせ、ついでに薄縁《うすべり》など一枚くさんせんかい〉

こっちにいる見物は軒下にしゃがみこみ、髯《ひげ》などぬきぬき、〈みなされ、あっちゃのわろが、どしてもえらい奴じゃわいな〉〈いや、こっちゃの男も、えらい頤《おとがい》じゃわい〉〈ほんにその頤で思い出した。お内儀《いえ》はどうじゃいな、痛み所《しょ》はえいかいな〉〈ハイおかたじけのうござります。とんとえいようであったがな、昨日からえろう悪うなって、ツイ昨夜《ゆうべ》死にましたわいな〉〈ソリャお前《まい》ご愁傷じゃあろ。御葬礼はいつじゃいな〉〈今出しおりますとこじゃあったが、えらい喧嘩があると人が走るさかい、わしもツイいて、見て戻るほどにそれまで待てというて、待たしておきましたわいの〉とおのおの気の長い者ばかり悠々と見物している。職人〈コリャヤイ、まちっと、こっちへ寄りくされ。日向《の》が無うなって、寒なったさかい〉〈オオ寄ったがどうすりゃ〉〈汝《おのれ》いま、おれがことを阿呆とぬかしおったがなんでおれが阿呆じゃぞい〉〈阿呆じゃさかい、阿呆じゃわい〉〈なにぬかしくさる、そういう汝《われ》が阿呆じゃわい〉〈イヤこちゃ阿呆じゃない。賢《かしこ》じゃわい〉〈汝《われ》が賢《かしこ》なりゃ、おれも賢いわい〉〈オオ、汝《われ》も賢いか。そしたらこの喧嘩はやめにしようわい〉〈サア、ひょっと互いに競り合うて、着物《きりもん》でも引き裂いたら損じゃさかい、やめにしてこまそうかい〉〈えろう遅なった。もう去《い》んでこまそ〉〈おれも汝《われ》が去にくさる道じゃほどに、連れだって去んでくりょわい。今日はえい天気じゃあったな〉〈暖うてえいわいやい〉と二人は連れ立って帰り、見物は散り散り、弥次・北は腹を抱えて〈あんなうすのろい喧嘩がどこにあるもんだ〉

清水寺《きよみずでら》へ着く。音羽《おとわ》の滝《たき》を見て

名にし負ふ音羽の滝のあるゆへか
　のぼりつめたる清玄《せいげん》の恋

やっぱりそこへ来た、京名物の〈小便しょう〉——野菜と小便を替えようと呼び立てるのである。小便担《たご》と大根を荷《にな》ってゆく男、〈大根、小便しょう。大っきな大根と小便しょう〉弥次・北見ていると中間らしき男二人、小便担へ小便して大根三本くれろという。肥取りの男〈もうこれぎりで出んのかいな、それじゃ大根三本はようやれんわい、二本もてかんせ〉

またもやキタナイ話になったが、そのあとから今度は被衣《かつぎ》を着た美女二、三人、さすが都びとはちがう、いずれも色白く透きとおるばかりのしろもの、これは声をかけざあなるまいとばかり北八は走っていって三条《さんじょう》への道を聞く。この女中たち、品のいいのも道理、御所へ仕える女たちらしい。一九は「とんだ横柄《わうへい》なり」とかく。御所がたの女中は人を人とも思わず、ちと生意気な男とみると、平気で意地わるをするのである。ものの言いぶりも高飛車である。〈わが身三条へゆきやるなら、この通りを下《さが》りやると石垣という所へ出やるほどに、それを左へゆきやると、ツイ三条の橋じゃわいな〉

　これは五条《ごじょう》の橋を教えているのである。すかたんを教えられて二人は五条新地へまぎれこみ、いっそ運《まん》直しにと袖《そで》を引かれるまま遊所へ上る。それぞれの遊女《おやま》が酒の肴《さかな》を注文するが、これが自分の好物をいうのがおかしい。一人は葱《ねぎ》入り雑煮《ぞうに》餅《もち》、一人は鳥貝のすし、しかもすぐ金をとりに女房がやってくる、やたら高《たか》価いので二人はぶつぶついうが、その代りさすが上方の遊女《おやま》は客あしらいが巧《うま》く床上手である。「初対面から帯紐をときてうちとけたるていに客をもてなすこと、定まれる掟のごとし」中にも北八の敵娼《あいかた》は大年増の如才なきしろもの、「さながら深き馴染の如く」北八を扱うので北八、大満足、ところがこの女がひどい奴で、北八の寝ているあいだに北八の着物を着、男のふりをして逃げてしまう。

　朝になって、抱えの女が逃げたと店は大さわぎ。北八は〈糸引きくさったに違いないわい〉とおどされ、弥次共々男たちに縛《くく》られるやらおどされるやら。

裸一つで追い出され、弥次の木綿合羽を着てほうほうのていでのがれ出て、

うとましやかいたる恥も赤はだか
合羽づかしき身とはなりたれ

2

私たちは三十石船の出る伏見を見にいった。伏見にはその昔の船宿だった寺田屋《てらだや》がいまも旅館として営業している。寺田屋の前、伏見京橋は舟着き場であった。昔は十数軒の船宿があり、三十石船上り下りの旅人でにぎわったという。この寺田屋は坂本龍馬《さかもとりょうま》で有名であるが、これも恥かしいことに私は未見である。

春の一日、もう桜も散ろうかというころ、勇んで京都へ出かける。京阪《けいはん》電鉄、中書島《ちゅうしょじま》駅から百メートルばかり、車だと高速道路京都南インターから南へ約五分ばかり、川のそばに、昔ながらの旅籠《はたご》、寺田屋があった（京都市伏見区南浜《みなみはま》町）。

連子《れんじ》格子に二階の手すり、そのまま、東映時代映画の旅籠である。たくさんあった船宿

は、明治のはじめ三十石船が消えると同時に廃転業し、寺田屋一軒のみ、いまも残っている。しかも見学は午後四時までで、五時からは宿泊客を迎えて、ほんとの宿屋になる。今なお旅籠として機能しているのだ。現役の船宿なのだ。これはすごい。

表の構えをつくづくと楽しんで中へ入ると、一階は坂本龍馬の資料がぎっしり。維新の話ではいつも出てくる寺田屋騒動（このときは龍馬はいないが）、それに坂本龍馬遭難の舞台である。龍馬は慶応二年（一八六六）一月二十三日、長州《ちょうしゅう》藩士三吉慎蔵《みよししんぞう》と寺田屋の二階で歓談していた。薩長連合が成立しかかっていたので祝盃《しゅくはい》をあげていたのである。このとき、寺田屋の仲居おりょうは風呂《ふろ》へ入っていた（彼女はのちに龍馬の妻となっている）。大勢の捕手の足音が聞こえたので急いで龍馬の部屋に急報する。その風呂桶《ふろおけ》がいまも奥にあり、風呂場には、おりょうさんが闇の庭を見すかしたであろう窓があって、竹の桟が嵌《はま》っていた。この時龍馬はおりょうさんの機転で助かっている。

二階への階段をのぼれば、柱も鴨居も黒光りして、人が長く使い古してきた物なつかしい温かさがある。階段を上ったところの柱に刀疵《きず》の痕《あと》があった。幕末・維新はここではまだ生きていた。〈ハンパじゃないねえ、ほんものですよ〉私は感心した。東海道・赤坂の大橋屋も江戸の匂いがあったが、何といってもあそこはのどかだった。しかし京大坂は維新の嵐の坩堝《るつぼ》となったのだ。それをくぐりぬけて寺田屋がいまも健在だというのは驚異的だ。一気に維新当時の男たちの息づかいまで伝えそうな宿であった（その後、寺田屋は一八六八年に焼失し、再建されたことが検証されている）。

二階には頃合いの小間がたくさんあって、泊り客が寝やすげにみえた。若い旅行者がたくさん見学に来ている。

三十石舟はいまはないので車で京をめざす。

ここから墨染《すみぞめ》、深草《ふかくさ》、この深草と、ちょっと離れて山科《やましな》の小野《おの》は、小野小町《おののこまち》と深草《ふかくさ》の少将《しょう》のゆかり。深草の欣浄寺《ごんじょうじ》は少将の住居あとだというが、訪れてみると町中の小ぢんまりしたお寺だった。境内を修理中で、池のそばの藪《やぶ》かげの道は「少将の通い路」だといわれ、訴訟ごとのある人はここを通ると願いが叶《かな》わないということだ。深草の少将は小野小町に恋して、百夜通えば求愛に応じるといわれ、九十九夜通ったところで雪に凍え死んだということになっている。小町と少将の古川柳は多い。〃深草を踏みわけてゆく物思ひ〃は美しいが、〃無駄足をあかずの門へ九十九夜〃〃気強いと気の長いのが九十九夜〃は笑わせる。

せっかくだから山科小野の随心院《ずいしんいん》へもいってみた。門跡寺院で本堂も玄関、書院も立派だった。庭が美しい。石楠花《しゃくなげ》の咲いているのにもおどろいたが、小町の化粧井戸のあたり桜がすでに散りぎわで、土の上は雪のように薄紅に染まっていた。肩にも髪にも花びらが散り、木の繁みの彼方に薬医門《やくいもん》がみえる。あたりは静かで池の滝口の水音が遠く聞こえるだけ。——京都だなあ、という気がする。東海道を旅してきて、やっぱり京都は一種、特別なのである。ここには古風に立膝《たてひざ》をした卒塔婆《そとば》小町の坐像《ざぞう》がある。境内に小町にあてた千通の恋文（深草の少将だけではない）を埋めた文塚があるというけれど、それは見なかった。小町は故郷のこのあたりの地に引きこもって七十いくつで死んだといわれているよしである。

さてまた京へ向って伏見稲荷《いなり》大社を素通りすることはできない。弥次さんらはお社をふしおがみ、甘酒を飲んだばかりだが、私はもう何年も昔にお参りしたのみなのであらためて——もっとも稲荷山《いなりやま》には登れないので「お稲荷さん」とみんなが呼ぶお社へ詣《まい》る。いや何とも華麗絢爛《けんらん》たるご社殿、朱塗の柱に白壁、青い連子《れんじ》、目のさめるような美しさである。全国のお稲荷さんの総元締で、ご祭神は宇迦之御魂大神《うかのみたまのおおかみ》以下四柱、大阪ではお稲荷さんは商売繁昌《はんじょう》の神サンとして崇《あが》められ親しまれている。弥次さんたちの頃の江戸でも勧請奉祀《かんじょうほうし》されたお稲荷さんは多かったはず、江戸に多いものは〈伊勢屋、稲荷に犬の糞〉といわれたくらいだから。

ここの境内には稲荷社の神官で国学者だった荷田春満大人《かだのあずままろうし》の旧宅が残っている。

近くのお土産屋さんで、私はお狐ならぬ、のどかな顔の招き猫を買った。ここは伏見人形の産地だが今は売っていない。売っていないといえば、昔ここへ来たときは焼鳥、それも雀の引っぱり焼きというのを軒ごとに売っていたが、今は見られなかった。えーっ、雀なんか食べるんですか、かわいそう、とひい子はいう。現代の大衆の声なのだろう。

私はこの美麗なるお社で商売繁昌ではなく交通安全のお守りを頂いてきた。まだ京・大阪と取材はすまないから、一行が無事でありますように、と。『今昔物語』の現代語訳もした私は、このお社も物語に出てくるのでなつかしい。

さて弥次さんたちの足取りを慕ってゆくと市の東部、方広寺、今は大仏はないが、大きい鐘が残っている。「国家安康」という鐘銘の中の一部に徳川方がいちゃもんをつけた、例の鐘である。家康という字を切り離したのは呪うためであろうというのが徳川方の恫喝《どうかつ》であった。私の曾祖母《そうそぼ》は子供の私たち姉弟《きょうだい》に、〈家康のタノキ親父が、可哀そうな後家はんやコドモいじめたんだっせ〉と教えこんでいた。後家はんというのは淀君《よどぎみ》で、コドモは秀頼《ひでより》である。べつにコドモではなく、当時、立派な成人の武将であったのだが、大阪人のあたまの中では、後家はんとコドモというイメージでインプットされていたらしい。

お寺はないのに、大鐘だけ残っているというのも、何だかおちつかぬ恰好《かっこう》であったが、涼しい風の通る鐘つき堂の中で、近所のおじさんのような人が四、五人、腰おろして涼んでいる。小屋のような中に人がいて、百円出すと撞《つ》かせてくれる。この間はお婆《ばあ》さんが撞きはりました、これは力で撞くのやおへんさかい、とそこの僧形の人にいわれ、私もやってみた。足をふんばってそろそろと撞木《しゅもく》を小刻みに引いてたわめ、はずみがついたところでボーン。豊臣の怨《うら》み思い知れ、というような音になったかしらん。

うらに豊国《ほうこく》神社があった。豊臣秀吉公之像という珍しい陶像がある。ここの絵馬はさすがにやっぱり、というべきか千成瓢箪《せんなりびょうたん》の形だった。ここの唐門《からもん》は伏見城の遺構で、これはみごと。国宝である。

このへんは観光客もなく、地元の人がジョギングなんかしている。そこから近い三十三間堂は、これは十数台の観光バスが並んで修学旅行はじめ、観光客が群れをなしていた。この中の仏さまは国宝の（国宝がうじゃうじゃとある所も京都だ）千手観音坐像をはじめ、みなすばらしいものだが、今日はあまりの人の多さに拝めそうにもない。しかしこの柱の間の数が三十三もある長大なお堂は、いつみても感動する。大きくて立派だ。

これにくらべたら、コンクリートビルなんて、実に保《も》ちの悪い、見苦しき構築物である。石造物ならともかく、鉄骨にコンクリートなんて、木造建築よりはるかに耐久年数は落ちるのではなかろうか。

ここから清水寺《きよみずサン》はほんのすぐ。新緑の間にちらほら残り花の白い清水サンも。観光客が多かった。無理もない、四月だもの。

ここの三重の塔はいつ見ても、姿といい、気品といい、すてきだ。舞台は残念ながら修復工事中で、裏へまわって音羽の滝の滝水を頂いた。音羽山《おとわやま》から湧き出る名水で、ここは長い柄杓《ひしやく》で滝水を汲《く》み、そのまま飲んでもいい、柄杓は紫外線で消毒されるしかけになっていた。

弥次・北はここの清水坂《きよみずざか》で、田楽、なんばうどん（葱の入ったうどん）をすすめられている。今はそんな店はないが、やっぱり土産物屋、陶器屋、小間物屋、のぞいてみたい店がたくさん並んで、このあたり京へ来るたのしみの一つ。「清水焼の陶造《すえものつくり》、軒をならべて、往来の足をとゞむ」と本文にある通り。

しかし弥次・北はそれどころではない、「きた八」の名にも似ず、何も着ずに赤はだか、弥次の合羽を着たのみで寒くてならぬ、五条橋にさしかかればここはいにしえ、牛若丸《うしわかまる》と弁慶《べんけい》の立ち廻《まわ》りがあったところ、（現在はかわいい御所人形風な牛若丸と弁慶の像がある）

かゝる身は牛若丸のはだかにて
弁慶縞の布子《ぬのこ》こひしき

歩きゆく先にみすぼらしい古着屋あり、古布子が吊《つ》るしてある、値切って買ったはいいが、宮川《みやがわ》町の花街では通りすがりの美しい芸子《げいこ》たちにくすくす笑われる。明るい所でみれば北八の古着には大きな紋がありありと透いてみえた、幟《のぼり》のお古を紺《こん》に染めたものだったのだ。〈エエ古着屋めがとんだ目に会わしやがった、どうりで安いと思った、ぶんのめして来よう〉〈ナニうっちゃっておきやれ、みな手前《てめえ》がべらぼうから起ったことだ。さきは商売だものを、しかたがねえ〉〈エエいめえましい〉――「トまじめになりてつぶやきながら」とある本文がおかしい。さすがの弥次・北も、田舎あるきならともかく、日本切っての文化の町、花の京での一文なしの辛《つら》さは身にしみるのである。四条《しじょう》通りは「名にし負ふ川東《ひがし》の生粋《きっすい》」、芝居まちで、櫓太鼓《やぐらだいこ》の音もいさましい。一幕を見て祇園《ぎおん》の社に参る。この頃は祭日でなくても境内はにぎわったらしく、「参詣日日に群集し、茶店あまた祇園香《ぎおんかう》煎《せん》の匂ひ高く、歯磨うりの居合抜《ゐあひぬき》、売薬のいひたて、うき世ものまね能狂言、境内に所せきまでみちみちたり」

この茶店で田楽で酒とめしをたのみ、京は他国者とみれば高く吹っかける所だからと、このどんぶりはいくら、この皿はいくらとはじめに値を聞き、食べてしまうと金を払ってどんぶりや皿を拭《ふ》いて荷物にしまいこもうとする、〈コレ女中、コリャァみな持って帰《けえ》りやすぞ、さっきにこのどんぶりはいくらだと聞いたら五分だといったじゃねえか〉亭主がとんで出て、どんぶりの代は頂きました、なかのたべもののお代、七十八匁五分をどうぞ、とへこまされてしまう。

ここではまた大原女《おはらめ》をからかって梯子《はしご》を買わされてしまう。値切るだけ値切って買わぬということがあるものか、と大原女たちに口々に責められる。「すべてこの女あきんどは、みないたつて気の強き者ゆへ、なか〳〵がてんせず」物見高い京の見物人の見る中、ついに弥次は二百文で梯子を買わされ、北八と担いでゆく。これは絵になるが、とんだ荷にもなった。梯子など持って宿へはいればいいわけに苦しく、置いていこうとすればことわれる。考えようによれば梯子というもの、日用品のようでありながら、その所を得なければ、とたんに非日常、非現実の存在となって、われらが日常次元の象徴の如き弥次・北を大いに困惑させてしまうのである。三条の宿で一泊した朝、北野《きたの》の天神さまへでもいこうと道を尋ねつつ堀川《ほりかわ》通りへ出たが、ここで北八、つまらぬことを思い出してしまう。伊勢の古市で一座したかの上方者、辺栗屋《へんぐりや》の与太九郎の家は千本通中立売《なかたちうり》だというので、行って酒でものんでやろうじゃないか。〈ナニあたじけなすびがのませるものか〉と弥次、〈ところがおいらが術にかけてのみ倒そう〉と北八。しかしさすがに、京者のほうが一枚うわ手であった。〈コリャ珍しい。ようおのぼりじゃわいな、サァ此方《こち》はいりんかいな〉と辺栗屋は迎えながら、この口上がおかしいのでこれもうつしてみよう。〈お前方《まい》、せめてもちっと先へよってお出でなさると、きょうとい（とてもよい）ものがあるわいな。桂《かつら》川の若鮎《わかあゆ》、活《い》きておるのを塩焼か魚田《ぎょでん》（魚の味噌《みそ》田楽）にすると根ッから葉から、うまいの何のと、いうようなこっちゃないわいな。イヤまだ、四条の生洲《いけす》が近いとお伴して行こもの。あこの鰻《うなぎ》は加茂《かも》川でさらして、とッと違うたものじゃ。きょうとう、うまいがな。そしてあこは玉子焼を、えろうようして食わすわいな。何じゃァろとこれほどに大きゅう切ってぽっぽと湯気《いき》の出るのを南京《なんきん》の薄鉢《うすばち》に盛って出しおるが、うまいというてはねッから口の中でとけそうじゃわいな。ホンにそれよりまた秋にお出なさると、とれとれの松茸《まったけ》じゃ。当所の名物でこれがまた外にはないわいな。新しいのを清汁《すまし》の吸物にして、ちょっと山葵《わさび》おとして酒の肴にいたそなら、トットもう、なんぼ食うても、ねッから飽きがないわな〉

――話ばかりで何も出ない、北八こらえかねて中座して隣の酒屋へ飲みにゆく。辺栗屋〈イヤもう一人のお方はどこへいかんしたぞいな〉弥次〈もう帰りやした〉〈はてさて、ねッから知らなんだわいな。いつのまに去《い》んでであったぞいな〉〈いま松茸のお吸物の出た時、中座いたしやした〉〈ソリャ残り多い。後段《ごだん》にまだお菓子のお話いたそもの〉〈イヤもう、さきほどから大きに御馳走《ごちそう》になりやせぬ。おかげでひもじい。おいとまいたしやしょう〉〈イヤお待ちなされ。よい所へおいでたわいな。ちとお話があるわいな。アノ伊勢の古市でおつきあい申したときのことといな。あの時の入用、金一両じゃあったがな。わしゃ算用違いして金一分二朱、こちらから出しておいたさかい、コレ見なされ、道中の小遣帳に、おやま屋のつけも何もかも、こないに細かに書きつけておいたが、うちへ戻って算用《さんよう》してみると、お前方《まい》一人前、百二十四文ずつわしのほうへお貰《もら》い申さねば算用が合わんわいな。わずかのこっちゃさかい、どしても大事《だん》ないが、取るに如《し》くはないさかい、お二人分、二百四十八文お貰い申しましょかいな〉〈エエお前《めえ》も今となって汚ねえことをいう。そればかりのこと、うっちゃっておきなせえ。こっちでも立替えたことがありやす〉〈ソリャあげるのがあらばあげるさかい、いいなされ。算用は算用じゃ。マァこちへ取るのがこの通りじゃさかい、こうしましょわいな。端た負けてあぎょわいな。二百文くしなされ〉〈エエ外聞《げえぶん》のわるい。その時取ればいいものを〉ふくれっつらで弥次二百文を出してしまう。京には「京のぶぶ漬け」なることばがあり、京都人は倹約《しまつ》やと、大阪人などには思われている。京都の人をたずねていき話がすんで帰ろうとすると、〈何にもおへんのどすけど、ちょっとぶぶ漬けでも〉という。お茶漬けである。ここで〈さよか、ほな、招《よ》ばれますわ〉などという人はいない、〈どうぞおかまいなしに〉と帰る。もしまた、腰をおちつけても、結局茶漬けは出てこず、帰ろうとすると、〈まあ、ぶぶ漬けでも〉といわれる。口で飴《あめ》をねぶらすだけや、と大阪の人は嗤《わら》うが、これは文化体系が違うのだからしかたない。辺栗屋与太九郎は論外であるが、京都人は一定の形式を美と心得て愛するのである。

かくて弥次・北、北野天満宮から紙屋《かみや》川の二軒茶屋で食事、ここも田楽だが、干鮎の煮びたしなるもので食べる、ここで空也堂《くうやどう》の僧に酒盛ならぬ飯盛をおっつけられほうほうのていで逃げ出し、壬生寺《みぶでら》へ。ここには「あやしの茶見世」があって引きこまれて一夜を過し、あくる日は島原《しまばら》を見物して（ここは格式の高いところだから、とても弥次・北など素寒貧の旅人は遊興できない）、朱雀野《しゅじゃかの》（このへん一たいの地名だが、西鶴の小説でなつかしい地名である）から丹波《たんば》街道を横切り、淀の大橋から下り舟に乗って大坂へと向う。

梯子はやっとの思いで北野の茶店に置き逃げしてきた。置き引きというのはあるが、これは置き逃げである。

3

私たちが祇園の八坂《やさか》神社へいってみたら、夕方ちかく閑散としていたが、朱塗の社殿がなまめかしく砕けた感じだった。祇園祭のイメージで京都のシンボルのように思われているが、京都ではここは商いの神さまである。素戔嗚尊《すさのおのみこと》と櫛稲田姫命《くしいなだひめのみこと》を祀《まつ》る。

三条小橋のあたりに宿屋が多かったというが、いまも、修学旅行生を迎える宿が多い。三条大橋、いよいよここが東海道の終点、双六《すごろく》のあがりである。旅人は無事、京へ着いた喜びをかみしめたことであろう。今はこの橋のたもとに高山彦九郎《たかやまひこくろう》が大刀を横に両手をついて皇居を遥拝《ようはい》している銅像がある。いま高山彦九郎といって知っている人がどれだけいるのだろうか、いかつい顔の大男の銅像（美的ではないのはたしか）を見あげて私は無力感にうちひしがれてしまう。あちこちにさりげない歌碑《かひ》や句碑《くひ》（それも読めないような達筆は苦であるが）があるのはいい、また何の変哲もない石柱に、「薩摩藩邸跡」とか「何某生家趾」と建っているのも、お、お、ここが……と感慨を誘われて楽しいが、銅像は押付けがましいので逃げみちがない。しかも高山彦九郎氏の皇室尊崇の念に敬意を表してか、台座のまわりにしめ縄が張ってあった。

このあたり駅前の雑踏でもあり、ヤングギャルがおびただしく交叉点《こうさてん》を往来する。ある中年男の述懐だが、バーへいってバイトのギャルホステスたちに、〈乃木《のぎ》大将や東郷《とうごう》元帥の名ァ知ってるか、聞いたことあるか〉といったら、十人中、一人しか知らなかったそうだ。

五条大橋には欄干がある。

♪♪　京の五条の橋の上
　　大の男の弁慶は
　　長い薙刀ふりあげて

牛若めがけて斬りかかる……

という歌をうたう子供もいなくなっただろう。

東寺《とうじ》はいつ来ても鳩の多い寺だ。境内は鳩の糞《ふん》だらけでがらんとしている。ここは二十一日の弘法《こうぼう》さんの市によく来るが、南大門（重文）が堂々としてゆるぎなく、重厚でいい。武骨で男っぽい。この東寺は、京都へ車で入るとまっ先に五重の塔がみえる、夕空にそそりたつ東寺の塔を見るときの嬉《うれ》しさを何にたとえよう（私は上方住まいだから、いつでもいけると思って却《かえ》って京都の観光に縁遠く、来るといえば夕方から飲みにくるのである）。無骨な東寺が逸興の予感で親しいわけである。

島原の大門《おおもん》を見にゆく。出口の柳が風情よく植わっていて、天水桶《てんすいおけ》がピラミッド型に積み上げてある風情は、近松の世話物の舞台のようだが、門を入ると体育館のような家があって、その筋の人の事務所らしかった。ここには輪違屋《わちがいや》という置屋が昔ながらのたたずまいで残っている。美しくてシンプルで機能的なたてものだ。昔の日本建築はどうしてこう立派なんだろう。

この島原の近くに壬生寺《みぶでら》がある。壬生は新選組屯所のあったところ、新選組がよく島原で遊んでいたのは近いからだ（もちろん軍資金が潤沢だったというわけもあるが）。ここは壬生狂言で有名であるが、なまけものの私はまだ見にきたことはない。

　壬生寺は昭和三十七年に焼失して新しい本堂が建っている。幼児と老人が多いと思ったら、境内に〈老人いこいの家〉や、幼児の遊び場があるのだった。

　それよりびっくりしたのは、ここは新選組のゆかりとて、境内に近藤勇《こんどういさみ》（いうまでもなく隊長である）の遺髪塔や芹沢鴨《せりざわかも》、平山五郎《ひらやまごろう》ら新選組隊士の墓がある、奥へ入れば近藤勇の胸像もあるのである。眉《まゆ》の迫ったけわしくきびしい表情、顴骨《かんこつ》たかく口はへの字に結ばれ、今にも「問答無用！」と一刀のもとに切り捨てられそう。ここでおどろくのはこの銅像にも隊士の墓にも、小さい千羽鶴のレイがかたわらにおびただしく捧《ささ》げられてあることだ。掲示板には「新選組ニュース」「幕末ｉｎ京都」などのお知らせ、マンガ風新選組隊士のイラストなど一ぱい貼ってある、「みんな幕末狂なのだ！」「そこのけそこのけ壬生狼が通る」「沖田総司を斬る！　激論『幕末の美剣士沖田総司』講演『中岡慎太郎は男ぜよ！』実演チャンバラ青年団――主催　新選組研究会『誠一字』」――いやまあ、新選組がこんなにヤングに人気とは思わなかった。寺田屋でヤングたちが熱心に見学していたはずだと思った。肉筆で書いてあるビラはたいてい字が幼稚でマズい。これもほほえましい。なおおどろいたことに、新選組グッズなどを売ってるではないか。ノリやの私は早速、「誠」「新選組」と書かれた絵馬を買った。横に小さく「壬生寺　延命地蔵尊」とある。そうそう失礼しました、ここは延命地蔵サンのお寺なのである。

グッズの中のすぐれものは「蒙御免明治維新番付」これも面白いので買った。東の横綱は幕府方とみえ、徳川慶喜《よしのぶ》、井伊直弼《いいなおすけ》、徳川家茂《いえもち》、松平容保《かたもり》と殿さま大老が顔を並べ、西は坂本龍馬、西郷隆盛《さいごうたかもり》、大久保利通《おおくぼとしみち》、木戸孝允《きどたかよし》、高杉晋作《たかすぎしんさく》と維新の志士で固めている。近藤勇や土方歳三《ひじかたとしぞう》は東の大関、武市半平太《たけちはんぺいた》、中岡慎太郎《なかおかしんたろう》は西の大関である。ヤングが贔屓《ひいき》の沖田総司《おきたそうじ》は肺病で夭折《ようせつ》したせいかここにはなく、やっと芹沢鴨が前頭である。西の勤王方は伊藤博文《いとうひろぶみ》、後藤象二郎《ごとうしょうじろう》が関脇、大村益次郎《おおむらますじろう》は小結、役員待遇は有栖川宮熾仁《ありすがわのみやたるひと》親王に和宮《かずのみや》内親王、寺田屋お登勢《とせ》（寺田屋のお内儀《かみ》で龍馬をよく庇護《ひご》した）、理事が吉田松陰《よしだしょういん》、島津《しまづ》斉彬《なりあきら》ほか、審判山岡鉄舟《やまおかてっしゅう》、河井継之助《かわいつぐのすけ》ら。異国招待としてタウンゼント・ハリス、カルブレイス・ペリーなんてのがあって笑ってしまう、ヒマ人やなあ、京都のヒトは。いや、いちいち眺めている私のほうがヒマ人というべきであろう。私などの若い頃は新選組は悪玉一色であったが、現代では幕末のベルばら風である。

北野の天神サン、これはいかめしくも派手やかな社殿で、慶長の造営、権現造《ごんげんづくり》というとこの天神さんが引合いに出される。受験生がよくおまいりにゆくところだが夕方近く、境内寂《せき》として声なく人影もなし。本殿の大提灯《ちょうちん》に梅鉢の紋、大阪っ子はこれを見ると、お菓子の粟《あわ》おこしを反射的に思い出す。ここのご社殿、飾り金具が金ぴかに光って、よくできた巨大な細工物のようだ。梅の名所だが時期は過ぎている。

加茂川のそばの宿に泊って、明ければ金閣寺《きんかくじ》を拝観。衣笠山《きぬがさやま》のふもとに秀麗な金ピカのお堂が池の水面に影を落とす、きわめつきという場所があって、そこで写真をとる人が順番待ちするくらい。ここの庭園にもいい風情の景色がふんだんにあり、よその土地では方寸でもこの景観を珍重するだろうなあ、と思われた。庭、たてもの、京都はどこへいっても、おあつらえ向きの美しい日本風景観が、金時《きんとき》飴のように出てくる。御室《おむろ》の仁和寺《にんなじ》へいったら、八重桜がまだ残っており、これはさすが、ここだけのみごとな眺めだった。私は仁和寺が好きでよく来るが（庭園とたてものは、王朝小説を書くときにいい雰囲気を提供してくれる）花どきに遭ったことがない。ここは八重なので遅いのだ。いちめん花の雲だった。しかも花びらが重なっているから量感がある。桜に匂いがあり、仁和寺はピンクの色と匂いで綿飴に包まれたよう。

京を下って——といっても三十石船はないので車で伏見を再び通り、大山崎《おおやまざき》の三川合流地点を見よう。木津《きづ》川は宇治川と合し、これが淀川へあつめられて大阪へ下る。このあたり八幡《やわた》市である。木津川淀川を見はるかす御幸《ごこう》橋に立つと堤は長く延び、もう散りかけた桜がつづいていた。橋のたもとは菜の花のさかりである。

この川を見下す男山《おとこやま》に石清水八幡宮《いわしみずはちまん》がある。王朝以来上下の尊崇ただならぬお社で、古典にもよく出てくるが、例によって私はようお参りしていなかった。御祭神は応神《おうじん》天皇、神功《じんぐう》皇后、それに宗像《むなかた》三神である。九月十五日の石清水祭は賀茂祭・春日祭と共に三大勅祭で、勅使が参向する。古儀さながらの祭ということでゆかしく思いながらこれも拝していない。一般に石清水八幡といえば『徒然草《つれづれぐさ》』第五十二段を思い出すのではあるまいか。仁和寺の法師がお参りにきて山麓《さんろく》の末社を八幡宮と思いこみ拝んで帰る。たくさんの人が山へ登ってゆく。何があるのだろう、行ってみたいと思ったが、八幡宮へ参るのが本意だから、と思って行かなかったというのである。「すこしのことにも、先達《せんだつ》はあらまほしき事なり」という結びの文で有名。いま山上まではケーブルカーもあり、車でもゆける。この門前の「走井餅《もち》」はおいしい。この八幡宮も武人にとって神聖な存在であった。山頂のお社は森林の中に鎮もり、優美というよりは高潔でりりしくみえた。境内に人影なく、社殿へ上ってゆく石段の静けさがいい。お伊勢さんと、この石清水八幡さんは日本の宗廟《そうびょう》である。

## 4

「押照《おしてる》や難波の津は、海内秀異《かいだいしうる》の大都会にして諸国の賈船《こせん》、木津安治《あぢ》の両川口にみよしを並べ、碇《いかり》を連ねて、ここにもろ〳〵の荷物をひさぎ、繁昌の地いふばかりなし。殊更花の春は淀川に棹さして桜の宮に遊び、網島の鮒卯《ふなう》（料亭の名）に酔をもよほし、夏は難波新地の納涼《すずみ》に蛍を狩り、豆茶屋に腹を肥やし、秋は浮瀬《うかむせ》（料亭の名）の月、冬は解船町《ときふねちやう》の雪げしき、四季折々の詠《ながめ》多かる中に、目がれぬ花の曲中《くるは》は、いつもさかりの春のごとく賑ひ、道頓堀の芝居は常も顔見世の心地して群衆絶《くんじゆたへ》ず」

弥次・北、期待に胸おどらせて（というのも、曲中《くるは》を見たさであろう）大坂入りする。下りは速いから昼から舟にのれば半日で大坂八軒家浜に着く。はやたそがれどき、人に道を聞きつつ、長町《ながまち》さしていく。かねて聞いていた七丁目の、分銅河内屋《ふんどうがわちや》という宿に泊る。日本橋《にっぽんばし》通りや長町は旅籠《はたご》数しれず並んでいるが、ことに分銅河内屋は浪花名物といわれた位、大きい。数百人を泊めたという。弥次・北、上ってみると七、八十の間かずあり、その中で六畳間に一人の男と相部屋になる。丹波の篠山《ささやま》から出て来て高野山《こうやさん》へいくという旅人である。この部屋へも按摩《あんま》はくる。女の菓子売りが来る、上方者は女も商い上手で〈こちゃお前《まい》さんがたに売りとうて売りとうてならんさかい、ようよう走りもうて参じたわいな、ドレ茶やくんで参じようかえ〉と立ったすきに北八、そっと菓子を五つ六つとってうしろへかくすと、療治していた女按摩、目がみえぬはずなのに袂《たもと》へ入れてしまう。高い菓子代を払わされて、それでもさっきのやつがあると捜してもみえず。丹波者〈ソリャ今の按摩が取って去《い》んだんじゃろ、ここにえいものがある、道修町《どしょまち》の店《たな》でもろてきた砂糖漬じゃ。茶の子に一つやらしゃれ〉北八、〈こりゃ有難《ありがて》え。弥次さんどうだ、たんとやらかしねえ〉丹波者〈インヤそないに、食《く》てもろうてはならんわい。こち、くされ〉とひったくってしまってしまう。そこへ〈お床をとりましょう〉と女中が来たが、その後からもう一人の女中、ぽんぽんと蒲団《ふとん》をほりこんでゆくのを見ればさっきの女按摩ではないか。女中のいわく、〈アリャお前さん方へ出るに目あきではお心置きがあって悪いさかい、お座敷へはあないに目のみえんふりして、出てじゃわいな。ここの宿屋で商売なされますさかい、去《い》にしなには、いつもあないに勝手を手伝うて去《い》んでじゃわいな〉〈さてこそ菓子を取られるはずだ〉

大笑いして弥次・北は寝たが、丹波者は高いびきで眠っているのに二人は眠れない。弥次、足でごそごそと小さな曲物《まげもの》をとり出せば北八、〈さっきの砂糖漬じゃねえか〉〈コリャ声が高い。柳ごりの脇に出てあるのをさっきからにらんでおいたからよ〉〈一つよこしねえ〉〈まてまて〉行灯《あんどん》は暗く遠し、一つ口へつまんで入れて〈ヤアこりゃかたい〉〈エエ何だ、灰だらけだ〉〈ペッペッ、こりゃ砂糖漬じゃねえ、おかしなにおいがする〉

この騒ぎに丹波者目をさまし、〈ヤアヤア、汝《わり》さまたち、コリャ何しよる。わしが女房《にょうぼ》をなんぜ食いよる。その入れ物の蓋《ふた》をよう見やれ〉いわれて弥次、行灯のそばへ飛んでいってみれば〈秋月妙光信女《しゅうげつみょうこうしんにょ》。ヤアヤア、そんならこの曲物はお前《めえ》の内儀《かみ》さまの骨だな〉北八〈コリャ大変、道理で胸がむかつく〉丹波者は泣き出して〈汝《わり》さまたちの胸の悪なったよりわしの胸がつっぱったわい。この骨を高野《こうや》へおさめに持ていきよるのでござるわいの。ようまあ大切な仏を、なんぜ食いよった。汝さまたちは真人間じゃありゃしょまい、鬼か畜生か、どしたのじゃやい〉涙まじりにわめきちらし、弥次・北、砂糖漬とまちがえたことを詫《わ》びてなだめすかし、弥次、〈イヤもう、面目次第《しでえ》もねえのさ〉と一首、

人の骨食ふこともはり若いとき
　親の脛をもかぢりたる身は

これで丹波者も笑って機嫌をなおす。

明ければ宿の下男、左平次を案内に、大坂見物に出かける。高津《こうづ》の宮がまず近い。仁徳《にんとく》天皇が「高き屋にのぼりてみれば」と詠じられた旧地、境内はたべもの店見せもの屋で大繁昌《はんじょう》、一覗《ひとのぞ》き四文の遠眼鏡まである。ここの遠眼鏡は有名で、口上に、〈まず最初正面に見えますのは道頓堀《どうとんぼり》の橋々より芝居やぐら贔屓幟《ひいきのぼり》、向うは安治《あじ》川天保山《てんぽうざん》、出船入船の景色、右は摩耶《まや》山武庫《むこ》山甲山《かぶとやま》……淡路島《あわじしま》より須磨《すま》の浦《うら》へかよう千鳥のなく声も耳へあてれば聞こえます〉「とはあまり出たらめの口上なり」と、『浪花の賑ひ』にもある。やがて北へ天満《てんま》橋、天満宮の境内も同様。芝居、軽わざ、曲馬乗、「境内にみちみちたり」というから凄《すご》い。天満橋を渡って南下し西へいけば坐摩《ざま》神社、往来が混んでいる。弥次、地上におちた白い紙をふと拾ってみると八十八番と書いた札、このころ坐摩神社では富突きが行なわれていた。左平次〈モシ、あなたのお拾いなされたのは富の札じゃないかいな〉弥次〈そうだろう〉〈コリャ坐摩の宮の札じゃ。しかも今日突く日じゃわいな。大方今頃はもう突いてしもうたじゃろぞいな〉〈そうさ、どうせ落す位のもんだものを、からっぽの札であろう〉と捨てたのを、後から北八、ちゃっと拾って懐中してゆく。坐摩神社に近づけば往来の人々おびただしく、しかも声高に、〈アア残念なことをした。あの八十八番、すんでのことにわしが買う所じゃあったわいの。あれ買い損のうたは、こちの運の来《きた》らんのじゃ。買《こ》うたら一番で、金百両取りおったものを、けたいが悪い〉と言い合っているではないか。

弥次ぎょっとして〈北八聞いたか、今の札をうっちゃらなんだらよかったものを。エエどうしよう〉坐摩神社へ行ってみれば、富札は突きしまって当り番号が貼り出してある（このへん現代の宝くじと一緒であるが、大体、富くじは寺社の勧進《寄附》ということで許されているものの、この頃が一ばん盛んであった。抽籤《ちゅうせん》方法は木箱の中へ大錐《おおぎり》をさしこみ、中の木札を突くのである。売り出している富くじは紙札。あたり番号は百番あり、ラストは突き止めといって、これが一等百両）、一の富、八十八番と筆太に書いてあるではないか。弥次あまりのことに呆《あき》れはてて、〈エエいめえましい、おらァもういっそのこと坊主にでもなりてえ。とても運の開ける時節はねえ〉そこで北八笑って〈そんなに力を落すめえ。おれが百両とるからお前《めえ》にも三両や五両は貸してやる〉とさっき拾った札をみせる。そこで弥次・北の間で、おれが拾ったの、そっちが捨てたのと浅ましい争いがあったのは読者ご賢察の通り。案内役の左平次が仲裁に入って〈半分ずつ分けなされ、そしてわしにも、ちとはおくれじゃあろな〉北八〈そりゃおれが承知の助だ、何にしろ善はいそぎだ、金はどこで受け取るんだろう〉——世話人のいる所へいってみれば、本日は混雑につき、明朝四ツ時（午前十時頃）金子《きんす》をお渡し申しますとある。両人舞い上ってしまって前祝いの酒盛。

5

高津神社《サン》はいま中央区瓦屋町《かわらやまち》（現・高津）、ちょうど大阪市のまん中あたり、びっしり家が建てこんでいるが、さすがに境内は木々も多く、絵馬堂から見下すとちょうど高台になっているので「高き屋に……」という歌の通り。大阪では神社もお寺もサンづけで呼ぶが、高津サン、この近くの生国魂《いくたま》サン、天満の天神サン、みな大阪人に密着して親しまれてきた。私の年頃では「大阪市歌」を小学校で歌わされたが、その第一節は、

♪♪高津《たかつ》の宮の昔より　世々の栄を重ねきて　民のかまどに立つ煙　にぎわいまさる大阪市……

というのである。私はつい口にのぼらせてしまう。出るととまらない。ここは落語の「崇徳院《すとくいん》」の舞台であり「高津の富《こうづ》」の舞台でもある。ここでも昔、富くじが行なわれていた。現代の坐摩神社《サン》は中央区久太郎町《きゅうたろうまち》のビジネス街の真中にあって、ささやかな規模で淋《さび》しいが、昔はもっと広々と人々が群集《ぐんじゅ》したのであろう。ところで「高津の富」はこれも

旅の親父が宿へ泊って高津サンの富札を買わされる。おれは金持だと大法螺《おおぼら》吹いた手前、当ったら宿の亭主に半分やろうと約束する。大坂見物して高津サンへ来てみれば、まさかと思った富くじが一番に当っている、ガタガタ震えて宿へ帰り、気分が悪いと寝てしまう。そこへ亭主が飛んできて旦《だん》さん当りました、千両だっせ！　あほ千両ぐらい何が嬉《うれ》しいんじゃ、これやさかい貧乏人はどんならん、人の枕元へ下駄はいて上ってくる奴あるか、アッすんまへん、うっかりと。それよか旦さん祝い酒や、起きとくなはれ。――蒲団をめくると親父も雪駄《せった》をはいて寝ていたという落語である。これは景気がいい。

弥次らのほうはもうはや百両が手に入ったごとく、〈これから新町《しんまち》とやらへ、女郎買《けえ》にやらかしはどうだ〉と浮かれている。新町は吉原島原と並ぶ格式ある大坂の色里である。左平次はそのなりでは対手《あいて》にされないから、身なりをととのえて明日の夜なと、という。二人は遊び人らしく、大丸《だいまる》で誂《あつら》える着物のことをあれこれ想像して楽しむ。この着物の話が当時のファッションを説明して面白い。結城《ゆうき》の粋《いき》な縞《しま》、またはちりめんに黒羽織、八丈も野暮、唐桟《とうざん》も親父めく、などと夢中で話し合いつついくが、当人は幟の染め返しを着ているのだから滑稽《こっけい》である。

明日の夜が待ちきれず、二人は左平次にレンタルの着物を借りてきてもらう。レンタルは江戸時代さかんで、蒲団から刀から着物から何でも借りられるのである。北八は黒紬《くろつむぎ》を着たが、小紋を下に着ようとしてこれが女物、ままよと着こんでゆく。堺《さかい》筋をゆけば順慶《じゅんけい》町《まち》に行き当る。ここは夜店のさかんな所、夜店といっても呉服、小間物、台所用品、仏具、金物屋、魚屋と、デパートのようなものである。はや新町廓《くるわ》、ここの揚屋《あげや》（遊女を呼んで遊興する家のことである）は立派なたてもので、その中の一軒へ入る。これは宿の分銅河内屋の紹介で、時々旅行者を送りこむからである。弥次また大風呂敷《おおぶろしき》、〈わっちらァちょっと来ても端《はし》た金使うことは嫌いだから、無駄遣いの一箱ふた箱（千両箱のことである）は、別に為替《かわせ》にふってよこしてあるから、そこは一向、未練はなしさ〉美しい芸子、遊女たちがやってくると二人はいよいよ夢中になって血がのぼるが、佐平次一人、不安になって〈今宵《こよい》はご見物のみで、明日の夜さり、ちゃっとお遊びなさるがよろしかろ〉――その間、仲居は弥次・北の羽織をぬがせて、裏に十文字の糸じるしがついているのを嗤《わら》いあう。損料屋はシルシに白糸でみな十文字をつけるのである。仲居たちは〈十の字のおかた〉などと呼んでどっと笑い、結構意地悪である。

十の字のしるしありとは露しらず
　借りし羽織のうらめしきかな

それも結局おかしく、三人そろって帰り、翌朝早々と坐摩神社へいってみると、世話役の講中が、〈さあさあこっちゃへお通りなされ、金子お渡ししましょ〉と下へもおかぬもてなし。しかも奥の結構な間で酒肴《しゅこう》のもてなし、〈一の富にお当りなさるというは御運の開ける瑞相《ずいそう》、わたくしなども、あなたがたにあやかるように、お盃《さかずき》を頂きましょかいな〉食事まで出て北八〈もうお構いなさいやすな〉といいつつ、〈ハハハイヤモ、面白くてこたえられねえ〉思うさまうちくらい、そこへ神職が南鐐《なんりょう》で百両を三宝に積み上げたのを二分にして目八分に捧《ささ》げて持ってくる。弥次・北、もはや有頂天でにこにこしていると、講中がお願いをいう、これがおかしい。たぶん江戸の世ではこういう仕組になっていたのであろう、〈当社御覧の通り大破につきまして再建のため興行いたした富にござりますれば、お当りなされたお方へはどなたも百両の内十両、寄進におつき申してお貰《もら》いしますゆえ、あなた方もさようなされて下さりませ〉否《い》やとはいわれない。〈次に金子五両、世話役どもへご祝儀としておもらい申しとうござります〉〈ハイハイ〉〈まだ一つ、五両で、次回の富札をお買いなされて下さいませ〉〈ハイハイ〉〈されば百両の内二十両引きましてお渡し申します〉〈ハイハイ、どうなりともよろしくなされて下さいませ〉——さて札を渡す段になって、〈モシ、コリャ違うたわいな〉と講中がびっくりしていう。〈十二支《えと》が違うわいな、番号の上に十二支がついてある、一の富は子《ね》の八十八番、こなさんがたの持てごんしたのは亥《い》の八十八番じゃわいな〉〈エエ、そんなら三文にもなりやせんか〉はっと二人は気落ちして弥次は泣き出す、講中は〈えらい阿呆《あほう》な衆じゃ。とっとと出ていなしゃれ〉と怒り出す、北八〈イヤものの間違いということはありうちだ、そんなに安くいやァがるこたァねえぞ〉講中〈たわことというとどづき倒すぞ〉左平次が押しとどめて、ともかく出たが、情けないことに弥次は腰がぬけて立てない、左平次と北八で介抱しつつやっと宿へ帰ったが、そこへ着物の損料を取りにくる、北八、〈全体《ぜんてえ》左平さん、お前《めえ》が悪い、わっちァ他国ものでこの土地の勝手を知らねえ、アノ札の十二支《えと》をいってくんなさると番狂わせはなかったものを〉そこへ新町の昨夕の勘定を取りにくる、北八は左平次と言い争いになってしまう、こんな時でも阿呆の弥次は〈ハテ、わっちらが借りてきたは子《ね》の四十一匁四分（廓の勘定である）この書出しは亥の四十一匁四分とある〉左平次〈エエおさくされ、戯言《てんごう》いわずと、金出せやい〉北八〈イヤこの野郎めは太《ふて》え奴だ〉まさにつかみ合いになろうとするところへ、この分銅河内屋の亭主、四郎兵衛かけつけて、左平次を叱り、北八をなだめ、わけをきく。頼もしげな様子に二人も包みかくしなく、ありていに素寒貧なことを打ちあける。この四郎兵衛、わけ知りの男でぐっとのみこんで、〈よござります。ハテ万両分限でも旅では金に詰ることもあるもんじゃげにござります。この商売いたせば、たとえどないなお方でもお客はお客、飯料《はたご》が無いてて、そんなら出ていなしゃれとは申しませぬさかい、何日なと逗留《とうりゅう》してお帰りなされ〉弥次〈それは有難うございます。わっちらもゆるりと所々見物がしとうござりやすが、もうそんなに長逗留してもつまりやせんから、あすは出立いたしやしょう〉

亭主は、そういわずに住吉《すみよし》を見ていけとすすめる。幸い亭主も今日住吉へゆく用があり自分は舟でゆくが、〈お前《まい》方左平次の案内で歩行《かち》でおいでなされ。ノウ左平次どの、こなさんも仲直りにお供さんせ〉そこで左平次とも仲直りして三人は出かける。生玉《いくだま》から四天《してん》王寺《のうじ》、「まことに日の本最上の霊場にして、堂塔の荘厳、いふもさらなり」——四天王寺の西門は極楽の東門といわれ、お寺なのに石の鳥居がある。「大日本佛法最初四天王寺」の石柱が建っていて、その前にもう経木屋《きょうぎや》さんがいる。ここは大阪っ子は彼岸にどっと詣《まい》るので、広い境内身動きもとれぬようになってしまう。私も子供のころ祖母に連れられて来たので、亀の池などはなつかしい。大阪ではお彼岸に四天王寺さんへお詣りし、死ねば一心寺へお骨を納めて骨仏《こつぼとけ》にしてもらう、それが庶民のならいで、檀那寺《だんなでら》はべつにあるけれど、墓地なんか持たなくてもいいようになっていた。仏壇に位牌《いはい》はあるが……。

ところで私たちもお昼になったので住吉へいく前に、この近くの〈廣田屋〉でお昼をたべる。天王寺《てんのうじ》公園北口の手前、ここはきまったメニューの豆ご飯、湯豆腐、ぬた、きんぴら、さつま汁、これで千五百円、あっさりとおいしく安く、入れこみの大部屋だが、町なかなのに庭の緑があってくつろげる。ついでにこの近くにある伶人町《れいじんちょう》の清水寺《きよみずでら》、ここはわかりにくくてちょっと来にくいが、安居《やすい》の天神サンの裏手と思えばいい、このあたりも家が新しくなって昔のおもかげは薄れたが、この「新清水」とよばれる清水寺、中に小さい舞台もあり、三条の滝つ瀬が流れ、（こちらは玉出《たまで》の滝《たき》という）京都の清水サンによく似ている。この坂下に昔、有名な料亭「浮瀬《うかむせ》」があったので、ちょっと紹介した次第、『膝栗毛』やそのほかの江戸文芸にもよく出て来る。桂米朝《かつらべいちょう》師匠は、この新清水の舞台にちなみ「身を捨ててこそ浮かぶ瀬もあれ」からしゃれた命名だろうとおっしゃっている。『浪華の賑ひ』（文久三年刊）に、この店は西南に海原を見渡し、庭中に花紅葉あり、「飽かざる遊観の勝地」で、「浪花に於て貨食家《れうりや》の魁《くわい》たるものなり」とある。

住吉大社は、今は海岸が遠くなってしまった。しかし大阪人の好きなお宮サンで正月の参詣《さんけい》はここが一番多い。私は蓮池にかかる朱の太鼓橋《たいこばし》の風情が好きだが、これは登りはいいが、下るときがむつかしい。各業種の寄進した石灯籠《いしどうろう》が盛大に並んでいるのも景気がいい。本社御祭神は四柱《よはしら》、底筒男命《そこつつおのみこと》、中筒男命《なかつつおのみこと》、表筒男命《うわつつおのみこと》、神功皇后、そう、海の神さまなのである。海路平安、海難除《よ》けの神さまである。『源氏物語《げんじ》』にも須磨《すま》で嵐に遭ったとき、源氏は住吉の神を念じている。それにまた住吉大神は和歌の神さまでもあった。

しかし弥次・北はそんな雅《みや》びには程遠く、お社ちかくの繁昌《はんじょう》に心奪われている。住吉新《しん》家《け》の両側の茶店は海の幸ゆたかに客の絶間がない。中にも大きい三文字屋（実在の料理屋であった）を奢《おご》られて河内屋に酒をすすめられ、ぴちぴちした魚をご馳走《ちそう》してもらい、ここではじめて弥次の弱音。

〈イヤもう、河内屋の親方のお蔭《かげ》なりゃこそ、こんな旨《うめ》えものも食うようなものの、なるほど銭のねえ旅は憂いもの辛《つら》いものだ〉そこで左平次がおかしくなって、〈ナンとお前方は大坂《おさか》ものにならんせんかい〉というと北八がいったのはこの時である、〈イヤわっちらも何ぞおぼえた職でもあるといいけれど、これで食おうということが一つもねえから、どこへいってもつまらねえものさ〉

河内屋は〈ほんに、二人のうち一人は売付ける口がある。男めかけの口があるがどうじゃいな〉〈そりゃホンにかえ。面白《おもしれ》え〉二人ともにわかに元気付いて膝《ひざ》をすすめる。船場《せんば》の金持の後家で三十四、五の美人と聞くより二人はくじ引きして弥次に当る、話をつけてもらって待っていると、期待以上の美人後家が現われ、弥次とさしつさされつするうちに二人は意気投合、弥次は心中、しめたと嬉しがったが、そこへ後家の贔屓《ひいき》の役者、嵐吉三郎《あらしきちさぶろう》がやってくる。これは実在の役者で美男の立役者、たちまち後家はそっちのほうへ。——虫のいい期待も、わっさりと笑い話に流れてしまった。

こうして弥次・北、河内屋の好意で逗留して大坂見物を果したが、「ふたりとも江都《えど》気性の大腹中《だいふくちゅう》にて、かかる難渋の身をへちまとも思はず、しやれ通して少しもめげぬやうすに」河内屋の亭主も感心して、着物など新しく着かえさせ、路用も十分に持たせて出立させた。

『膝栗毛』は、二人がこの先、木曾路、草津温泉、善光寺をめざすであろうと予告して筆を擱《お》く。

6

私たちは弥次・北のあとを追って寺社めぐりばかりでもつまらぬと、道頓堀、心斎橋から周防町《すおうまち》へ出てアメリカ村を歩く。ここはひところより賑《にぎや》かになって、ヤングがいっぱいあふれている。ここのごたごた小間物、ドッ派手ウエア、奇想天外グッズなどが嬉《うれ》しくて、私はここが大好きだ。左手のビルの白い壁にクロセイこと黒田《くろだ》征太郎《せいたろう》サンの壁画がある。〈黒い鶴ですねッ〉と妖子。〈かささぎ〉とひい子。〈鳥人でしょ〉と私。黒い鳥が手足をひろげて舞っている。下の文字も鳥のようにみえる。〈たくさんの鶴ですから、多鶴《たかく》経営ですっ〉と妖子は黒鶴にしてしまう。私はここでベティさんのついた上衣《うわぎ》と、ベティ人形を買った。みなみな、Tシャツやポシェットなど買う。亀さんは憮然《ぶぜん》とした顔でついてまわっている。

〈あなたも奥さまに何か買いなさいっ〉

と妖子にいわれて亀さんは狼狽《ろうばい》する。

〈いや、その、何がいいかわからなくて――〉〈こういうのが、いいんですっ〉と妖子は小さいポシェットを示してあげて忠告する。

〈愛してるなら買うべきよっ。そうでなければいいけれどっ〉――亀さんはしばし考え、それを買った。正直な人だ。

いやー。これですべて取材は終った。弥次・北も新しい旅に発《た》ったし、東海道五十三次百二十五里、つつがなく踏破した。打ち上げに祝盃《しゆくはい》を、と思ってタクシーへ乗りこんだ私を、〈ちょっとお待ち下さい、もう一つ残っていました。八軒家浜ですっ〉と妖子が呼ぶ。あ、三十石船が着く大坂の八軒家浜、そうだ、それが見たいと思っていた、しかしもう疲れました、限界です。〈えーっ。そんなことおっしゃらないで下さい、鬼のような編集者とお思いでしょうが、ついこの辺りのはずですっ〉〈いやあ、もう、私は〉〈もう一足ですっ〉しようがない、私は下りて八軒家浜をさがす。天満橋の近くのはず、松坂屋《まつざかや》デパートのあたり、とは聞いていたが。――あたりも暗くなり雨も少し降りはじめてきた。やっと松坂屋の向い側、京町《きようまち》二丁目の永田屋《ながたや》昆布《こんぶ》さんの前に、「八軒家舟着場の跡」という石柱をみつける。永田屋さんに向って右へ少し歩いて左に折れると、ずいぶん幅広い古そうな石段がある。これが船着き場で、ここまで川だったわけ。

私は「浪華百景――八軒家夕景」の図を思い浮べる。三十石船が岸に着き、人々は八方に散ってゆく。石段のまん中で立話する人、荷を運ぶ人、供を従えたお侍、飛脚、旅人、……そんな人が踏んでいった石段だ。

〈あのう、眺めていないで石段を登って下さいっ〉妖子が決然と叫ぶ。〈えっ。登るの。もう限界です〉〈ではありましょうがっ〉私はしかたなく登った。段間は高くないが、いや、えっちらこ……。

しかしぐずぐずしていられない、日が暮れてくる。仕事熱心な亀さんはすこし焦っている。私に向って遠慮がちに、〈もう少し右へ寄って下さい〉〈もう、しんどい〉〈自動販売機が入ってしまいます〉〈入ってもいい、そのほうが現代的で自然じゃん〉私、疲れたから動きたくないっ。亀さんは困っていた。〈しかしゴミ箱も入ります〉〈ゴミ箱大好きっ〉

でも、結局あっちこっち動き、そのうちに私は石段の石をみつめ、あ、南畝もここを踏んだな、と感じた。彼は夜、大坂へ着くが、すぐ迎えの人が来ている。しかしこの石段を踏んで登り、無事任地に着いた喜びをかみしめたことであろう。ここから近い天満橋天神《てんじん》橋を眺めつつお城へ入ったか。――そうだ、馬琴もここを踏んだ、龍馬も寺田屋から逃げてここへ上った。

いい石段だ。八軒家の浜の石段を見ているうち、弥次と北八がむつまじくしゃれのめしながらここを登ってゆくさまを想像した。いつか二人は、私の裡《うち》で、実在の人になっていた。

東海道は終始、暑かったという印象がある。それから概してたべものの味は辛かった。人気《じんき》は剽悍《ひょうかん》だが温かかったという感触である。名所旧蹟《きゅうせき》、神社仏閣、みなからッとして、上方のように苔《こけ》っぽくなかったという感じ。一貫して変化に富んだ街道であった。外国旅行もよいが、ヤングには日本の街道の手づくり道中をすすめたい。旅の発見は多いことだろう。

私たち二タ組の弥次・北道中もこれで終って解散。奥州、東海道、山鳥の尾のしだり尾の長々しい旅路であった。珍道中というよりも、我々のは激道中、戯道中であろう。いつの日にかまた、玉くしげ二タ組で取材の旅、遊行雲水の楽しみを共にせんものと笑って手を振り合って別れた。

# 終章

十返舎一九は中年になって若い妻、お民《たみ》を迎えた。娘が生まれ、舞《まい》と名づけた。『膝栗毛』を刊行しつづけてゆるぎない大家になっていたが、やっぱり読本《よみほん》の筆をまめにとっていた。五十歳をすぎてやや健康をそこねた。酒好きがたたったのか、中風になっている。六十をすぎ、ようやく創作力も衰えたが、旧作の人気は衰えていない。

娘のお舞さんは、その名のように舞をよくした。晩年の一九は経済的にゆきづまっていたのか、お舞さんが技芸で身を立て、よく両親を養ったという。一九に似て美貌《びぼう》であったのかもしれぬ、さるお大名から側室に、と望まれたが一九は拒否した。娘がいなくては、この先、日常の世話を誰にしてもらおうか、それに側室になって娘が幸福になれるかどうか、たとえ幸せになっても自分としては願わしくない、といったという。中風になって再び起《た》てず、娘に養われる身を、不幸な晩年という人もあるが、私はそうは思わない。一九は何と幸せな生涯だったろうと思う。多くの愛読者をもち、後世にまでその作を記憶された。作者冥利《みょうり》に尽きるというものではないか。一九もそう思い、深い満足を味わっていたであろう。
天保《てんぽう》二年（一八三二）八月七日、六十七歳で死ぬ。
辞世が東京月島《つきしま》・東陽院の墓に刻してある。

この世をば　どりやおいとまに　線香の
煙と共に　はい左様なら

〈十返舎一九の熊手のサイン〉

本書は、講談社より『「東海道中膝栗毛」を旅しよう』(単行本、一九九〇年/文庫、一九九八年)として刊行されました。

作中で描かれている各地の様子は執筆当時のものです。市町村合併などによる地名変更は初出に注記しました。

# 東《とう》海《かい》道《どう》中《ちゅう》膝《ひざ》栗《くり》毛《げ》を旅《たび》しよう

田《た》辺《なべ》聖《せい》子《こ》

平成28年 5月25日　初版発行
令和7年 5月15日　7版発行

発行者●山下直久

発行●株式会社KADOKAWA
〒102-8177　東京都千代田区富士見2-13-3
電話　0570-002-301（ナビダイヤル）

角川文庫 19775

印刷所●株式会社KADOKAWA
製本所●株式会社KADOKAWA

表紙画●和田三造


ISBN978-4-04-400036-3　C0195